Magnus Nordin
Fluch der Vergangenheit

© Cato Lein

Magnus Nordin

wurde 1963 in Stockholm geboren, wo er mit seiner Familie auch heute noch lebt. Die Schriftstellerei betreibt er neben seiner Lehramtsausbildung für die Fächer Schwedisch und Englisch.
Anregungen zu seinen mysteriösen und fantastischen Geschichten findet Magnus Nordin auf der Insel Gotland, die viele Zeugnisse aus uralten Zeiten in sich birgt und wo er seit Jahren die Sommer verbringt.
„Gotland wimmelt von geheimnisvollen Plätzen und Geschichten, die noch niemand erzählt hat.“

Magnus Nordin

FLUCH DER VERGANGENHEIT

aus dem Schwedischen
von Sarah Bosse

Schneider
Buch

Bibliografische Information Der Deutschen Bibliothek
Die Deutsche Bibliothek verzeichnet diese Publikation in der Deutschen Nationalbibliografie; detaillierte bibliografische Daten sind im Internet über http://dnb.ddb.de abrufbar.

Dieses Buch wurde auf umweltfreundlich hergestelltes Papier gedruckt.

Originaltitel: *Det fjärde offret*
First published by BonnierCarlsen, Sweden 2001
Übersetzung aus dem Schwedischen: Sarah Bosse
Titelbild und Umschlaggestaltung: Patrick Hespeler
Herstellung/Satz: FIBO Lichtsatz GmbH, Unterhaching
Druck/Bindung: Westermann Druck Zwickau GmbH, Zwickau
ISBN 3-505-11872-9

03 04 / 8 7 6 5 4 3 2 1

IM JAHRE 685

Im Wald war es noch dunkel, aber ein Stückchen weiter weg konnte sie den Mond durch die Bäume schimmern sehen.

Bald würden sie da sein.

Sie spürte, wie die alte Frau sie fester am Arm packte und näher zu sich heranzog. Die Männer, die vor ihnen gingen, senkten ihre Fackeln, als ob sie fürchteten, der Feuerschein könnte Aufmerksamkeit erregen. Es war, als ob auch der Wald selbst ängstlicher geworden wäre: Der Wind hatte aufgehört, in den Büschen und Bäumen zu rascheln, und die Nachtvögel, die so einsam in der Dunkelheit gerufen hatten, waren verstummt.

Doch das Mädchen hatte keine Angst. Jetzt nicht mehr.

Früh am Morgen waren der Häuptling und seine Männer zum Hof gekommen. Sie hatten ernst und grimmig ausgesehen. Fest hatten sie an die Tür geklopft und darum gebeten, mit ihrem Vater reden zu dürfen.

Sie hatte nicht hören können, worüber sie sprachen. Ihre Mutter hatte sie fortgeschickt, auf den kleinen Bruder aufzupassen, der am See spielte. Aber sie war nicht sofort zu ihm gegangen, sondern hatte sich an die Hauswand geschlichen und hingehockt. Dort hatte sie gesessen und den tiefen, grollenden Stimmen der Männer gelauscht, die deutlich durch die Fensteröffnung zu hören waren.

„Wir erleben schwere Zeiten“, sagte der Häuptling. „Die Götter sind unzufrieden. Bekommen sie nicht, was sie verlangen, wird es uns noch schlechter ergehen.“

„Was verlangen sie von mir?“, fragte ihr Vater.

„Das weißt du genau.“

Der Vater saß eine ganze Weile schweigend da, doch schließlich ergriff er das Wort: „Wenn es der Wille der Götter ist, werde ich ihnen meine Tochter geben.“

Niemand hatte davon gesprochen, was mit ihr geschehen sollte, aber sie hatte es dennoch verstanden. Sie war nicht die Erste. Viele vor ihr, Mädchen wie Jungen, waren in der frühen Stunde der Dämmerung von den Männern des Häuptlings fortgebracht und nie wieder gesehen worden. Ja. Sie hatte verstanden, dass es jetzt an ihr war, fortgeführt zu werden zu diesem Platz, über den so viel getuschelt wurde, doch den niemand gesehen zu haben schien.

In dem Moment hätte sie fliehen können, die Erwachsenen wussten schließlich nicht, dass sie gelauscht hatte. Aber wohin sollte sie fliehen? Sie kannte keinen Ort, an den sie hätte gehen können. Schließlich hatte sie nur ihre Familie.

Sie ging hinunter zum See, wo sie zusah, wie ihr kleiner Bruder Wildenten jagte, die sich am Ufersaum scharten.

Sein verzücktes Lachen klang wie der panische Schrei der Wildenten. Hinter einer Erle sank sie zu Boden und weinte dort eine Weile.

Irgendwann kam eine der Sklavenfrauen und holte sie. Mit klopfendem Herzen ging sie ins Haus, wo ihre Eltern und die fremden Männer schweigend auf sie warteten.

Die Mutter saß nach vorn gebeugt da und verbarg das Gesicht in den Händen. Der Vater sah sie an, ohne eine Miene zu verziehen. Doch als sie sich voneinander verabschieden mussten, traten ihm Tränen in die Augen. Er umarmte sie und flüsterte ihr ins Ohr: „Sei jetzt tapfer!“

Mit zitternder Stimme fragte sie: „Werden wir uns wieder sehen, Vater?“

„Ja, meine Kleine, wir werden uns wieder sehen.“

Die Männer des Häuptlings hatten sie zu der alten Frau geführt, die in einem Haus außerhalb der Stadt wohnte, das kaum größer war als eine Hütte. Die Alte hatte sie gebadet und angekleidet, danach trug sie eine Schale mit einem dicken und übel riechenden Brei herein und stellte sie vor ihr auf den Boden. Die alte Frau meinte, dass der Brei sie stark und mutig mache. „Die Götter haben dich auserwählt, und deshalb musst du zeigen, dass du ihrer würdig bist.“

Das Mädchen verstand nicht, wie etwas, das so widerlich schmeckte und roch, etwas anderes bewirken sollte als Übelkeit. Doch nicht lange, nachdem sie sich den Brei hineingezwungen hatte, machte sich ein warmes, schläfriges Gefühl in ihrem Körper breit. Das Herz schlug langsamer, und der Knoten im Bauch löste sich. Als sie in der Abenddämmerung ihre Wanderung durch den Wald begonnen hatten, fühlten sich ihre Schritte eigentümlich leicht an, so als ob die Füße den Boden nicht richtig berührten, sondern ihn nur streiften. Als ob sie dahinschwebte.

Das Mondlicht schien jetzt heller. Eine Lichtung öffnete sich vor ihnen im Wald. Sie waren angekommen. Es war ein Birkenhain. Die Bäume bildeten einen Kreis, der von einer dicken Schnur abgegrenzt wurde, die an den Stämmen festgeknotet war. Tief in dem Hain flackerte ein Feuer.

Die alte Frau machte den Fackelträgern ein Zeichen. Die Männer nickten stumm und kehrten zum Wald zurück. Die Alte blickte das Mädchen an. Zwischen ihren Händen hielt sie ein Stück weißen Stoffs.

„Dreh dich um“, befahl sie. „Ich werde dir jetzt deine Augen verbinden.“

Das Mädchen konnte es nicht begreifen. Warum durfte sie nichts sehen? Wenn sie der Götter würdig sein sollte, musste sie ihnen doch ins Angesicht sehen können? Aber sie hatte keine Kraft, sich dem Befehl der alten Frau zu widersetzen. Sie war wie ein Klumpen Ton, den die Alte mit ihren knochigen Händen formte.

Daran ist dieser eklige Brei schuld, dachte das Mädchen. Er hat mir nicht nur meine Angst genommen, meinen Willen nahm er mir auch.

Es spannte stramm um ihren Hinterkopf und ihre Ohren,

und eine noch viel schwärzere und stärkere Finsternis senkte sich vor ihre Augen. Sie spürte die Hand der alten Frau wieder um den Arm.

„Komm jetzt."

Die Alte half ihr über die Schnur, und sie gingen zwischen den Bäumen weiter. Als die alte Frau sie ein Stück weit geführt hatte, spürte sie die Hitze des Feuers und den beißenden Geruch des Rauchs. Auf einmal blieb die Alte stehen und gab den Arm des Mädchens frei. Verwirrt wandte sie den Kopf, konnte aber natürlich nicht sehen, wohin die Alte gegangen war. Wenn sie doch nur Kraft in den Armen gehabt hätte – sie hätte sich die Augenbinde fortgerissen.

Irgendwo über ihr krächzte heiser ein Vogel.

Vielleicht ist das das Zeichen, dachte sie. Vielleicht würden sich die Götter jetzt zeigen.

Aber warum durfte sie sie nicht sehen!

Sie versuchte, die Arme nach oben zu zwingen. Sie bewegten sich nur ein kleines bisschen. Das Herz hämmerte in der Brust.

Ich will sehen!

Plötzlich gehorchten ihre Arme. Ihre Hand fuhr hinauf zum Gesicht.

Sie riss die Augenbinde fort.

Und sah.

SKARPHEDEN
5.9.1991
19:15 Uhr

Sie hatte sich doch nicht etwa verlaufen?

Es waren einige Stunden vergangen, seit sie die alte Schrebergartenkolonie verlassen und sich in den Wald begeben hatte. Sie hätte schon längst dort sein müssen.

Nach der Karte, die der alte Mann ihr aufgezeichnet hatte, sollte sie einem Pfad folgen, der von den Schrebergärten direkt nach Norden führte. Etwa drei Kilometer weit.

Das Problem war, dass es überhaupt keinen Pfad gab. Möglicherweise hatte es zu der Zeit, als der alte Mann hier als Kind gespielt hatte, einmal einen gegeben. Doch das war lange her. Sie bezweifelte, dass seit damals ein Mensch seinen Fuß auf diesen Boden gesetzt hatte.

Ihr war warm, und sie schwitzte. Die Beine schmerzten vor lauter Milchsäure. Sie musste ausruhen, ein wenig Wasser trinken und vielleicht eine andere Richtung einschlagen. Ob der alte Mann sie in die Irre geführt hatte? Oder hatte er sich falsch erinnert? Auch wenn sechzig Jahre vergangen waren, seit er hier in kurzen Hosen und Schiebermütze herumgerannt war, hatte doch kein Zweifel in seiner Stimme mitgeklungen, als sie ihn gefragt hatte, ob er sich noch daran erinnern könne, wo der Stein gestanden hatte. Gewisse Orte vergisst man niemals. Und Skarpheden war ein solcher Platz.

„Eins sollst du wissen, Mädchen“, hatte er plötzlich gerufen. „Ich würde lieber tot umfallen, als diesen Ort noch einmal zu betreten!“

Diese alten Schauermärchen. Das kannte sie schon. Zu allen Zeiten hatten die Menschen dieselben Geschichten erzählt. Von blutigen Ritualen, die sich im Mondlicht abspielten. Von hohläugigen Gespenstern, die im Schatten lauerten. Von klagenden Schreien, die durch die Nacht hallten.

Von Skarpheden hieß es immer, es sei ein Platz, den die Leute in der Nacht mieden. Man sollte ihn lieber bei Tag besuchen.

„Komm nicht hinterher an und sag, dass ich dich nicht gewarnt habe“, hatte der alte Mann gemurmelt, ehe sie auseinander gingen.

Aber was wäre, wenn sie sich tatsächlich verlaufen hätte? Wenn sie im Kreis gelaufen war? In dem Falle wäre Eile geboten. Die Sonne würde bald untergehen, und sie hatte nur eine schwache Vorstellung davon, wo sie sich befand.

Es wurde immer schwieriger, vorwärts zu kommen. Ungeschickt wie ein kleines Kind stolperte sie über Wurzeln, die unter dem dichten Heidekraut verborgen waren, Zweige, die sich von überall her nach ihr auszustrecken schienen, zerkratzten und verschrammten ihr das Ge-

sicht. Es war, als ob der Wald gegen ihr Eindringen Widerstand leistete, als ob er das, was er in seinem Inneren verbarg, um jeden Preis zu schützen versuchte.
Vielleicht soll es nicht sein, dass du ihn findest, dachte sie.
Ein umgekippter Baumstamm zwang sie, stehen zu bleiben. Wie ein Schlagbaum versperrte er ihr den Weg. Wollte sie weiter, so war sie gezwungen, hinüber zu klettern. Ihre Kräfte verließen sie. Sie musste ausruhen. Sie sank in das Gestrüpp des Heidekrautes. Sie holte die Feldflasche heraus, nahm einen tiefen Schluck und schüttete sich dann den restlichen Inhalt über Haare und Gesicht.
Dann schaute sie auf ihre Armbanduhr. Bald acht. Sollte sie der Rückweg genau so viele Stunden kosten wie der Weg hierher, würde es dunkel sein, ehe sie die Schrebergartenkolonie erreicht hatte, wo sie ihren Wagen abgestellt hatte. Sie hatte nicht daran gedacht, eine Taschenlampe mitzunehmen.
Damit war die Sache entschieden. Sie musste umkehren.
Durstig setzte sie die Öffnung der Feldflasche an ihre Lippen, um sich lediglich daran zu erinnern, dass kein Wasser mehr darin war. Fluchend warf sie die leere Flasche von sich, sodass sie über den Baumstamm flog.
Sie hörte ein hohles Scheppern. Das war kein Baum gewesen, der diesen Ton erzeugt hatte. Dann hätte es anders geklungen, viel dumpfer. Die Flasche hatte etwas viel Härteres getroffen.
Vielleicht einen Stein.

Es kostete sie nur wenige Sekunden, über den Baumstamm zu klettern.
Dann blieb sie stehen. Lange.
Es lief ihr eiskalt den Rücken hinunter.

Ein grauer, klobiger Riese von Stein erhob sich aus dem Gestrüpp. Eingeklemmt zwischen den hohen Kiefern und umschlungen von Zweigen und Büschen hatte er seine perfekte Tarnung gefunden. Hätte die Flasche ihn nicht so glücklich getroffen – sie hätte ihn niemals entdeckt.
Langsam und beinahe ehrfürchtig ging sie auf den großen Stein zu.
Er war größer, als sie ihn sich vorgestellt hatte. Sie schätzte, dass er vom Fuß bis zur Spitze fünf Meter maß. Als sie näher kam, sah sie, dass die Oberfläche von Moos und Flechten bedeckt war. Trotzdem konnte sie die eingeritzten Zeichen erkennen. Eine Runeninschrift, die in mehreren Zeilen über die Mitte des Steins verlief. Leider waren die Runen so gut wie nicht zu lesen. Sie wagte es nicht, die feste Schicht aus Flechten wegzukratzen, denn dann riskierte sie, die Inschrift zu zerstören.
Sie ging zur Rückseite des Steins.
Da entdeckte sie eine andere Inschrift. Sie war weniger umfassend als die auf der Vorderseite, bestand lediglich aus einer einzigen Zeile. Doch die Runen waren umso besser erhalten.
Sie nahm ihr Notizbuch heraus und begann jede einzelne

Rune abzuzeichnen. Als das erledigt war, ersetzte sie die Runen durch die entsprechenden lateinischen Buchstaben, mit Ausnahme der th-Rune, die sie so stehen ließ. Deren Lautwert hatte keine Entsprechung mehr in der schwedischen Sprache.

Im Notizbuch stand:

uthArAbAsbA

Sie versuchte eine Übersetzung oder besser gesagt eine Deutung. Nachdem sie die Wörter eine Weile gedreht und gewendet hatte, kam sie auf die folgende Bedeutung:

Fluch. Unheilbringende Weissagung.

Sie war neugierig darauf, herauszubekommen, was die Runen auf der Vorderseite bedeuteten, denn die beiden Inschriften gehörten wahrscheinlich zusammen. Doch sie würde warten müssen, bis ein Konservator den Stein gereinigt hatte.

Sie nahm die Kamera aus dem Rucksack und fotografierte die beiden Inschriften des Runensteins aus verschiedenen Blickwinkeln und mit unterschiedlichem Abstand. Die Bilder waren aus mehreren Gründen notwendig. Sollte sie nicht an diesen Platz zurückfinden, hatte sie auf jeden Fall den Beweis, dass der Stein tatsächlich existierte.

Und daran hatten weiß Gott viele gezweifelt, dachte sie.

Sie warf einen Blick auf ihre Uhr. Es war Zeit, sich auf den Weg zu machen.

Der Himmel hatte eine hellrote Färbung angenommen, die Farbe der Abenddämmerung, und sie hatte einen langen Weg zurück. Sie ging zu dem umgestürzten Baumstamm. Die Sonne stand tief über den Bäumen, blendete sie. Sie hob die Hand, um die Augen zu schützen. Und verharrte in der Bewegung.

Sie war nicht mehr allein.

Verdeckt von einem Wacholderstrauch stand ein kleines Mädchen da und starrte sie an.

Herrgott! Ein Schreck durchfuhr sie. Was tut sie hier? So ganz allein. Um diese Zeit.

Ihr erster Impuls war, etwas Freundliches zu dem Mädchen zu sagen, das sich offenbar so schrecklich verlaufen hatte. Doch dann erinnerte sie sich, was der alte Mann ihr erzählt hatte.

„Habe ich das kleine Mädchen erwähnt?“

„Welches Mädchen?“, hatte sie gefragt.

Seine Antwort hatte sie erschaudern lassen. „Keiner weiß, wer sie ist. Aber es wird gesagt, dass sie schon immer dort stand.“

Das starke Gegenlicht zwang sie, das Gesicht für eine Sekunde abzuwenden. Als sie, die angewinkelte Hand über den Augen, wieder zum Baumstamm sah, erstarrte sie.

Das kleine Mädchen war verschwunden.

Sie konnte sie nirgendwo entdecken.

Und ein Wind, der niemals zuvor zu diesem Platz gefunden hatte, strich über die trockenen Zweige, sodass sie für einen kurzen Augenblick erzitterten.

ERSTER TEIL

1

„Hör dir das an: *Skarpheden. Hübsche Dreizimmerwohnung in Neubau. Achtundsiebzig vorteilhaft geschnittene Quadratmeter mit voll gefliestem Bad, Bodenfliesen im Flur und Balkon in Südlage. Ruhige und grüne Umgebung in naturschönem Milieu. Provision: fünftausendzweihundertacht. Verhandlungsbasis: zweihundertfünfundsiebzigtausend. Besichtigung am Montag.* Was sagst du, Myran?"

„Was?"

Die Mutter seufzte. „Soll ich's nochmal vorlesen?"

„Ich hab's gehört. Wo liegt Skorpheden denn?"

„Skarpheden", verbesserte die Mutter sie. „Das liegt südlich der Stadt."

Südlich der Stadt. Myran wurde misstrauisch. „Fährt die U-Bahn bis dorthin?"

„Klar. Man fährt bis Farsta und nimmt von dort den Bus."

„Machst du Witze?"

„Das dauert nur zwanzig Minuten."

„Nur zwanzig Minuten."

„Meine Kollegin Anneli wohnt dort, und ihr gefällt es da

supergut. Sie hat mich schon ein paar Mal bearbeitet, dass wir dorthin ziehen sollen."
„Was ist so schlimm daran, hier wohnen zu bleiben?"
„Wir haben doch darüber gesprochen, umzuziehen."
„Das hast *du* getan, ich nicht."
„Du weißt genau so gut wie ich, dass dieses Reihenhaus viel zu groß für uns ist. Außerdem hätte ich es näher zur Arbeit."
„Aha. Und deshalb muss ich die Schule wechseln."
„Die haben da eine ganz tolle Schule. Sie ist vollkommen neu."
„Wow."
„Sei nicht so negativ. Du wirst es mögen. Ich weiß es."
„Und Papa?"
„Was ist mit ihm?"
„Wie soll er erfahren, dass wir vorhaben umzuziehen?"
Die Mutter lächelte angestrengt und antwortete, wie sie es immer tat, wenn von Papa die Rede war. „Er meldet sich sicher vorher noch."
Daran glaubte sie nicht mal selbst, und das merkte man.
Sie riss die Annonce aus der Zeitung. „Morgen rufe ich auf jeden Fall den Makler an." Mit einem Magnet befestigte sie den Abschnitt an der Kühlschranktür und sah zufrieden aus.
„Ich muss zur Arbeit", teilte sie dann mit.
Myran blieb am Küchentisch sitzen und glotzte den Papierfetzen an.
Skarpheden.

Sie hatte nicht die geringste Lust dorthin zu ziehen. Was sollte sie da? Sie kannte niemanden in Skarpheden und wusste kaum, wo das lag. Und Papa. Würde sie ihn wieder sehen? Warum rief er nie an?
Wenn nur dieser idiotische Unfall nicht passiert wäre!

2

Am Freitagabend ging Myran zusammen mit ihren besten Freundinnen, Matilda und Cissi, ins *Gården*. Technobeats dröhnten in voller Lautstärke, und die Tanzfläche war zum Bersten voll. Aber Myran und ihre Freundinnen waren nicht in Tanzlaune. Sie saßen in der Cafeteria und waren down.

„Ich weiß genau, wie es werden wird“, sagte Cissi vorwurfsvoll. „Anfangs wirst du den Kontakt halten, aber dann findest du neue Freunde, und dann wirst du aufhören uns anzurufen, und am Ende vergisst du noch, wie wir heißen. Ich weiß, dass es so kommen wird.“

„Wie kannst du das wissen?“, protestierte Myran. „Und übrigens, wieso meinst du, dass *ich* dann nichts mehr von mir hören lasse? Vielleicht meldet ihr euch ja auch irgendwann nicht mehr.“

„Soll ich euch erzählen, was mir mal passiert ist?“, fragte Matilda. Ohne auf eine Antwort zu warten, begann sie zu erzählen. „Als ich klein war, hatte ich eine Freundin, die hieß Joanna, und wir waren unzertrennlich“, sagte sie und unterstrich diesen Satz mit einer innigen Geste. „Auf

jeden Fall hat ihr Vater einen Job in den USA angenommen ..."
Myran hatte keine Lust, sich Matildas Geschichte anzuhören. (Man brauchte kein Hellseher zu sein, um zu wissen, wie es ausging: Eines schönen Tages meldete sich Joanna nicht mehr. Das war das Ende der Geschichte.) Vielleicht war dies ihr letzter Abend mit ihren besten Freundinnen, da wollte sie lieber über andere und lustigere Dingen reden als über trauriges Abschiednehmen und zerbrochene Freundschaften.
Während Matilda die Geschichte von der besten Freundin, die ins Ausland gezogen war, ausschmückte, sah Myran sich im Lokal um. Fast im selben Moment begegnete ihr Blick einem Jungen, den sie von der Schule kannte. Jocke Soundso. Plötzlich wurde sie unsicher, war auf der Hut. Warum starrte er sie so an? Er hatte doch vorher nie Interesse für sie gezeigt. Oder schaute er zu jemand anderem? Matilda oder Cissi? Vielleicht schielte er ja. Sie wich seinem Blick aus, doch sie spürte, dass er sie immer noch anstarrte. Was sollte sie tun? Ups, wie peinlich.
Matilda rettete die Situation, indem sie ihre Geschichte endlich beendete.
„Aber es war tatsächlich sie, die aufgehört hat zu schreiben. Wenn es nur von mir abgehangen hätte, wären wir heute noch Freundinnen."
So kann's gehen, dachte Myran.
„Ich kapier nicht, warum du umziehen musst", sagte Cissi.

Myran seufzte. Das hatte sie doch bestimmt schon hundertmal erklärt. „Mama hat schon ewig lange davon gesprochen, seit sie und Papa sich haben scheiden lassen. Sie findet, dass unser Haus zu groß ist, und außerdem wohnt sie dann näher an ihrer Arbeitsstelle."
„Und was hältst du davon?"
Myran erwiderte Matildas Blick. „Wie?"
„Du hast nicht gesagt, was du davon hältst."
„Ist doch klar, dass ich nicht umziehen will. Was denkst du denn."
„Ich hab ja nur gefragt."
Myran blickte in ihre Kaffeetasse, ein bisschen verlegen, weil sie Matilda so angefahren hatte. Oh Mann, allmählich kriegte sie richtig schlechte Laune. Konnten sie nicht über etwas anderes reden? Sie unterhielten sich doch sonst immer über jede Menge lustiges Zeug. Aber das ist wohl vorbei, dachte sie trübsinnig. In drei Tagen ziehst du nach Skarpheden. Du bist bereits eine „Ehemalige".
„Wenn meine Eltern sagen würden, dass wir aufs Land ziehen sollen, würde ich mich weigern", sagte Matilda.
„Ich auch", sagte Cissi.
„Wir ziehen doch nicht aufs Land", sagte Myran. „Bis dahin fährt sogar die U-Bahn."
„Vorhin hast du gesagt, dass die U-Bahn nicht bis dorthin fährt", erinnerte Matilda.
„Die U-Bahn geht bis Farsta. Dann nimmt man den Bus. Es sind nur zwanzig Minuten."
Sie merkte, dass sie wie ein Echo ihrer Mutter klang. Das

irritierte sie, genauso wie dieses kleine spöttische Lächeln auf Matildas Lippen.
„Bus?"
„Wenn du findest, dass es so furchtbar weit ist, brauchst du mich ja nicht zu besuchen."
Matilda sah sie betreten an. Nur die Augenlider bewegten sich, flatterten wie die Flügel eines Schmetterlings. Das klang blöd. Matilda hatte es nicht böse gemeint.
Sie ist doch deine Freundin, dachte Myran. Matilda und Cissi sind die einzigen Freundinnen, die du hast. Falls du das noch nicht begriffen hast.
Eine Entschuldigung zitterte ihr ungeduldig auf der Zunge, aber Cissi kam ihr zuvor. „Natürlich werden wir dich besuchen. Nicht wahr, Matilda?"
Matilda lächelte breit und großherzig. „Was denkst du denn? Wir sind doch schließlich Freundinnen. Oder etwa nicht?"
Mit einem viel sagenden Blick zu Myran und Cissi legte sie die Hand mit der Handfläche nach oben auf den Tisch. „Ihr erinnert euch doch?"
Myran erinnerte sich. Sie legte die Hand wie eine Kuppel über Matildas. Cissi vollendete die Geste, indem sie ihre Hand zuoberst legte. Sie hielten sich so fest, dass die Knöchel weiß hervortraten. Dann riefen sie im Chor: „Tod allen Idioten. Ein Hoch auf uns Kluge und Schöne."
Es ist lange her, dass wir das gemacht haben, dachte Myran. Damals müssen wir in die Vierte oder Fünfte ge-

gangen sein. Shit, was waren die Jungen sauer, als sie uns gehört haben. Glaubt ihr, ihr seid was Besonderes? Worauf du Gift nehmen kannst, Alter, hatte Matilda mit extra tiefer Stimme gesagt, und Myran und Cissi waren halb erstickt vor Lachen.

Jetzt war kein Lachen zu hören. Nur bedrücktes Seufzen, als sie widerstrebend ihre Hände voneinander lösten. Eine Weile schwiegen sie sich an. Cissi hatte Tränen in den Augen.

„Jetzt wird alles anders werden“, schluchzte sie.

„Ich bin ja noch nicht umgezogen.“ Myran hörte selbst, wie hohl das klang.

„Ich muss aufs Klo.“

Matilda stand auf und warf sich die Tasche über die Schulter.

„Ich komme mit“, sagte Cissi.

Allein am Tisch schielte Myran zum anderen Tisch hinüber. Aber Jocke Soundso saß nicht mehr da. Sie hatte ihre Chance verpasst.

Und das war tatsächlich eine kleine Enttäuschung.

3

Die neue Wohnung war ganz okay. Die Räume waren groß und hell, und das Zimmer, das sie selbst bekam, war größer als das, welches sie in dem Reihenhaus in Lillsätra gehabt hatte. Von ihrem Fenster aus konnte sie direkt auf den kleinen Platz von Skarpheden sehen, wo man einen hübschen Park angelegt hatte, mit einem schattigen Birkenwäldchen, gepflegtem Rasen und dunkelgrünen Holzbänken.

Inmitten der Birken erhob sich ein großer, grauer Felsblock, überzogen von Moos und Flechten. Er hatte eine lustige Form, denn er erinnerte sie an eine geballte Hand mit nach oben gestrecktem Zeigefinger.

Ihre Mutter hatte erzählt, dass es ein Runenstein sei. Er stand seit beinahe eineinhalb Jahrtausenden an derselben Stelle und war sehr berühmt. Auf jeden Fall wurde er viel besucht. Mehrere Male hatte Myran gesehen, wie Menschengruppen über den Marktplatz geschlendert kamen und sich um den Stein versammelten. Sie konnte nicht verstehen, wie man sich so sehr für einen alten Stein interessieren konnte.

Skarpheden selbst war auch ganz in Ordnung. Wenn sie hier aufgewachsen wäre und hier Freunde gehabt hätte, hätte es ihr ziemlich gut gefallen. Das Wichtigste gab es hier am Ort: eine Videothek, eine Bibliothek, Lebensmittelgeschäfte, eine Schule. Das Beste war das *Bergatorps-Bad,* ein Freibad, das auf einer großen Wiese auf der anderen Seite der Landstraße lag. Wenn das Wetter schön war, ging sie dorthin und setzte sich unter die alten Eichen, die auf dem eingefriedeten Badeplatz wuchsen. Sie las und hörte Musik auf dem Walkman. Schwimmen wollte sie nicht, es gab nur ein Bassin, und sie hatte keine Lust, sich mit den kleineren Kindern, die sich dort tummelten, im Wasser zu drängen.

Der große Fehler an Skarpheden war, dass sie niemanden dort kannte. Und dass es bis Lillsätra so weit war. Während der zwei Wochen, die sie nun in Skarpheden wohnte, hatten Matilda und Cissi sie nicht ein einziges Mal besucht. Sie hatte ja nicht erwartet, dass die beiden jeden Tag kommen würden, aber einen jämmerlichen Besuch hätten sie sich doch wohl leisten können. Sie selbst war sicher mehr als zehnmal in Lillsätra gewesen. Sie wurde es in der Tat allmählich leid, dass immer sie die Freundinnen besuchen musste. Aber was sollte sie tun? Sie war schließlich kein Eremit.

Jedenfalls noch nicht, dachte sie trübsinnig.

Für heute hatte sie auf alle Fälle beschlossen, in Skarpheden zu bleiben. Es war warm, über fünfundzwanzig Grad im Schatten, und das verführte nicht gerade dazu, den halben Tag im Bus oder in der U-Bahn zu sitzen. Sie legte sich lieber mit einem Minette-Walters-Krimi und den *Red Hot Chilli Peppers* im Walkman ins *Bergatorps-Bad*. Aber zuerst würde sie sich mit einem Eis erfrischen.

Im *Konsum* war es angenehm kühl. Sie ging zur Kühltruhe, konnte sich aber nicht entscheiden, ob sie ein Magnum oder ein Cornetto nehmen sollte. Sie hatte auf beide Sorten gleich viel Appetit. Schließlich entschied sie sich für ein Magnum. Als sie sich hinunterbeugte, um das Eis aus der Kühltruhe zu nehmen, spürte sie, wie ihr jemand in den Rücken stieß. Gereizt drehte sie sich um.

„Pass doch auf!"

Sie erstarrte.

Das Mädchen, das sie angerempelt hatte, sah aus, als würde sie gerade Mittagspause von den Dreharbeiten zu einem Horrorfilm machen.

Sie war bleich wie ein Gespenst und hatte sich schwarze Schatten um die Augen gemalt. Die Haare waren pechschwarz und gescheitelt und hingen schnurgerade über die Schultern. In der Nase, den Ohren, der Unterlippe und den Augenbrauen glitzerte es von Metall. Sie trug ein Nietenarmband und Docmartens. Von ihrem schwarzen, ärmellosen Shirt grinste Marilyn Mansons weiß geschminktes Antlitz. *Antichrist Superstar* stand da in blutroten Buchstaben.

„Entschuldigung", sagte Draculas Urenkelin mit einer dünnen Stimme, die überhaupt nicht zu ihrem Horrorfilmlook passte. „Das wollte ich nicht."

„Schon okay“, murmelte Myran.

Das Mädchen verschwand zwischen den Regalen, und Myran ging mit ihrem Eis zur Kasse. Der Kassierer tippte den Betrag ein. Er hatte lange, dunkle Haare, braune Augen und ein Lächeln, das sie den Blick ein wenig zu rasch senken und die Hand in den Rucksack stecken ließ, um das Portmonee herauszuholen. Sie erstarrte. Dann öffnete sie die Tasche ganz und suchte mit Hand und Blick nach dem Portmonee. „Shit, shit, shit“, murmelte sie, während sie in allen Fächern des Rucksacks suchte. Aber das Portmonee war nicht da. Hatte sie etwa vergessen es mitzunehmen? Nein. Sie hatte eine glasklare Erinnerung daran, wie sie es, kurz bevor sie die Wohnung verlassen hatte, in den Rucksack gestopft hatte. Wenn sie das Portmonee nicht zu Hause vergessen hatte, musste ...

„Gibt's ein Problem?“, fragte der Kassierer besorgt.

Myran starrte ihn an und schrie: „Diese verfluchte Schlampe!“

Sie stürzte an dem Jungen, der verdutzt den Mund aufsperrte, vorbei Richtung Ausgang.

Zu spät. Der Vorsprung des Mädchens war zu groß. Myran konnte sie nirgendwo auf dem Platz sehen. Sie hatte genügend Zeit gehabt, zwischen den Häusern zu verschwinden und sich in einem der Treppenhäuser zu verstecken. Aber Myran würde sie finden. Vielleicht nicht heute, aber ganz sicher irgendwann. Wenn dieses Mädchen in Skarpheden wohnte, konnte sie nicht unentdeckt bleiben. Nicht mit diesem Aussehen.

Ein kleiner Trost in dem ganzen Elend war, dass sie das Handy zu Hause am Aufladegerät gelassen hatte. Sonst hatte sie es immer dabei.

Ihre Mutter regte sich natürlich auf, als sie zu hören bekam, was passiert war. „Du hast doch hoffentlich bei der Polizei angerufen?“

„Als ob das irgendwas bringen würde“, murmelte Myran.

„Was hattest du im Portmonee?“

„Einen Hunderter. Die Monatskarte. Aber die läuft ja morgen sowieso ab. Und ein Foto von Papa.“

Und das war beinahe das Schlimmste – dass das Mädchen das Foto von Papa geklaut hatte.

„Du kriegst einen Hunderter von mir. Unter einer Bedingung ...“

„Dass ich zur Polizei gehe.“

Mama nickte. „Glaubst du, dass sie in Skarpheden wohnt?“

„Keine Ahnung.“

„Ich werde auf jeden Fall die Augen offen halten. Schwarze, lange Haare, Nietenarmband und Sportschuhe, sagst du?“

„Und gepierct.“

Die Mutter schüttelte den Kopf. „Man sollte es nicht für möglich halten, dass sowas hier in Skarpheden passiert.“

Surprise, surprise, dachte Myran.

„Und du bist dir ganz sicher, dass du das Portmonee nicht verloren hast?“

„Ja, Mama.“

Später am Abend rief Cissi an und sprudelte über vor Glück. Sie hatte sich verliebt. Er hieß Johan und ging aufs Gymnasium. Myran freute sich für sie, war aber auch ein bisschen eifersüchtig. Wenn Cissi nun einen neuen Freund hatte, würden sie sich vermutlich noch seltener sehen als ohnehin schon. Die Chancen, dass Cissi nach Skarpheden kommen würde, waren damit nicht gerade gestiegen. Aber an diesem Abend versuchte sie sich mit Cissi zu freuen (auch wenn das nicht so leicht war) und hörte sich geduldig deren lange und detaillierte Erzählungen darüber an, wie Johan und sie sich zum ersten Mal begegnet waren. Cissi redete beinahe eine Stunde. Ehe sie auflegten, fragte Myran vorsichtig nach, wann sie mal vorbeikommen würde, und fügte angelegentlich hinzu, dass sie Johan gerne mitbringen könnte. Schuldbewusst sagte Cissi, dass sie schon einige Mal vorgehabt hätte, sie zu besuchen. Aber in der nächsten Woche würde sie mit Johan zu seinen Eltern aufs Land fahren.
„Wenn wir wieder zurück sind, kommen wir gerne vorbei. Falls du zu Hause bist, natürlich."
Das würde sie vermutlich sein, sie und ihre Mutter hatten für den Sommer nichts geplant.
Als sie Tschüss gesagt und aufgelegt hatten, fiel Myran ein, dass sie vergessen hatte, von Draculas Urenkelin zu erzählen, die ihr das Portmonee gestohlen hatte.
Als ob das Cissi überhaupt interessieren würde, sie hatte doch nur ihren Johan im Kopf.

4

Sie wachte früh auf, aber es war unmöglich, wieder einzuschlafen. Die Sonne schien durchs Fenster und blendete ihre Augen. Sie hatte erbärmlich geschlafen, lange wach gelegen und über das gestohlene Portmonee gegrübelt. Und über das Mädchen, das aussah wie Draculas Urenkelin. Früher oder später würde sie sie finden, und dann gnade ihr Gott.

Auf dem Küchentisch hatte Mama einen Zettel zurückgelassen.

Vergiss nicht zu waschen. Die Waschküche liegt an der Giebelseite neben unserem Eingang. Die Wäsche ist sortiert und steht im Badezimmer. Kuss, Mama.

Auf dem Zettel lagen zwei Schlüssel für die Türen zum Waschkeller.

Myran war verdutzt. Sie konnte sich nicht entsinnen, dass sie versprochen hatte zu waschen. Gestern hatte sie noch gesehen, wie Mama die Schmutzwäsche in große Papiertüten vom *Konsum* sortiert hatte, aber sie erinnerte sich nicht daran, Mama versprochen zu haben zu waschen. Aber das konnte sie ja auch vergessen haben.

Oder sie hatte nicht richtig zugehört. Normalerweise kümmerte sich ihre Mutter um die Wäsche und Myran ums Staubsaugen. Das war die Arbeitsverteilung, die sie schon immer hatten. Dass ihre Mutter lieber die Wäsche übernahm, lag daran, dass sie es hasste zu saugen. Für Myran spielte es keine größere Rolle, was sie tat. Beides war gleich langweilig. Aber leider notwendig. Sie hatte nicht einen sauberen Slip mehr im Schrank.

Auf der Rückseite des Hauses fand Myran eine mattrote Stahltür und ein Schild, auf dem stand: *Waschküche und Versammlungsraum*. Sie steckte den Schlüssel ins Schloss und wuchtete die schwere Tür auf. Vor ihr lag ein Korridor mit zwei Türen auf jeder Seite. Die Tür, die dem Ausgang am nächsten lag, war abgeschlossen, und auch der Schlüssel passte nicht. Als sie versuchte, die andere Tür zu öffnen, hatte sie mehr Glück. Sie kam direkt in die Waschküche. Zwei Fenster ließen ausreichend Sonnenlicht herein, sodass sie das Deckenlicht nicht anzumachen brauchte. Es gab dort zwei Waschmaschinen und einen Trockner. Auf der rechten Seite der Maschinen lag der Trockenraum. Er war dunkel und hatte keine Fenster. Jemand hatte seine Laken auf der Wäscheleine vergessen. Hoffe nur, dass die weg sind, wenn ich zurückkomme, dachte Myran.

Sie stopfte die Wäsche in die Maschinen, füllte Waschmittel ein und stellte die Temperatur auf sechzig und neunzig Grad. Dann knallte sie die Luken zu und verließ die Waschküche.

Als sie in die Wohnung zurückkam, rief Mama von der Arbeit an, um sie daran zu erinnern, sich um die Wäsche zu kümmern.

„Ich hab den Zettel gesehen."

Typisch Mama, dass sie nie darauf vertraute, dass Myran tat, was man ihr sagte. „Übrigens bist du dran mit Staubsaugen."

„Ich weiß", sagte die Mutter säuerlich.

Später war sie wieder in der Waschküche. Die Kleider hatte sie in den Trockner gesteckt, und nun war sie mit den feuchten Laken auf dem Weg zum Trockenraum. Sie seufzte, als sie sah, dass die anderen Laken nicht von der Leine genommen worden waren. Wo sollte sie jetzt mit ihren hin? (Und ihre Mutter hatte ihr klipp und klar gesagt, dass die Laken nicht in den Trockner durften, sondern aufgehängt werden mussten, weil sie sonst zerknitterten.)

Wütend zog sie die steifen und trockenen Laken von der Wäscheleine, legte sie nachlässig zusammen und stopfte sie in die Tüte, die der Lakenbesitzer offenbar in der Waschküche zurückgelassen hatte. Dann begann sie ihre Laken aufzuhängen. Als der Korb leer war, war keine Leine mehr frei, die Laken füllten den Raum wie große Segel. Sie ging zur Tür und kickte den Wäschekorb dabei vor sich her. Gleichzeitig sah sie aus dem Augenwinkel, wie eine der Leinen wackelte, sodass die Laken in Bewegung gerieten. Sie wandte den Kopf – und ihr Herz machte einen Satz.

Ganz hinten stand jemand hinter den Laken verborgen.
Undeutlich nahm sie das rundliche Gesicht eines Kindes wahr.
Große, ängstliche Augen.
Ein kleines Mädchen.

5

Sie war eher verdutzt als ängstlich. Wie war das Mädchen hier hereingekommen, ohne dass sie es gemerkt hatte? Was tat sie hier? Sie lächelte das Mädchen an. Das Mädchen lächelte nicht zurück. Es bewegte sich nicht. Es schien zu Tode erschrocken.

„Was machst du hier?“, fragte Myran.

Das Mädchen hinter den Laken schwieg. Es hatte blonde Haare, die ihr bis zu den Schultern reichten. Die Augen waren hellblau.

Myran machte einen Schritt nach vorn, das Mädchen rührte sich nicht, stand regungslos da.

„Du brauchst keine Angst zu haben ... ich ...“

Ein Geräusch aus der Waschküche lenkte ihre Aufmerksamkeit von dem Mädchen ab. Jemand war gekommen. Der Besitzer der Laken vielleicht. Myran warf einen Blick Richtung Waschküche. Sie hörte Plastik knistern. Die Tüte. Definitiv der Lakenbesitzer.

Myran lächelte vor sich hin. Hoffentlich ärgerst du dich richtig, wenn du siehst, wie schlampig ich deine verdammten Laken zusammengewickelt habe.

Sie schaute zu dem Mädchen zurück. Und sperrte den Mund auf.

Unmöglich, dachte sie.

Ihre Blicke flogen durch den Raum.

Das kleine Mädchen war fort.

Sie bückte sich, um zu sehen, ob sich das Mädchen irgendwo auf den Boden gehockt hatte. Nirgendwo guckten kleinen Mädchenfüße unter den Laken hervor.

„Bist du das gewesen, die meine Wäsche runtergenommen hat?“

Diese Stimme ... Wo hatte sie die schon mal gehört? Myran drehte sich um. Hielt die Luft an.

Die Frage war, wer den anderen zuerst wieder erkannte. Myran brauchte nicht länger als den Bruchteil einer Sekunde, um zu begreifen, dass das Mädchen, das vor ihr stand, dasselbe Mädchen war, das ihr erst vor wenigen Tagen das Portmonee gestohlen hatte.

Draculas Urenkelin.

„Du hast mein Portmonee geklaut!“, schrie Myran.

Das Mädchen riss erschrocken die Augen auf, stolperte dann einen Schritt rückwärts und stürzte, schneller als Myran erwartet hatte, eilig zu der anderen Tür, die aus der Waschküche hinausführte. Myran raste hinterher. Auf dem Korridor hörte sie die Stahltür mit einem dumpfen Knall zufallen. Eine Sekunde später stemmte sie dieselbe Tür auf und rannte hinaus.

Zu spät. Schon wieder.

Das Mädchen war nirgendwo zu sehen.

Myran beschloss, methodisch vorzugehen. Sie würde im obersten Stockwerk beginnen und sich dann bis unten vorarbeiten, Stockwerk für Stockwerk, Tür für Tür.

Sollte Draculas Urenkelin im selben Treppenaufgang wohnen wie sie, wären sie wohl schon aufeinander getroffen, deshalb begann Myran ihre Jagd im Haus gegenüber.

Um elf Uhr am Donnerstagmorgen klingelte sie bei Linderoth, wo die Tür von einem älteren Mann mit gelben Zähnen geöffnet wurde, der sich leider nicht an ein Mädchen mit schwarzen Haaren und schwarzer Kleidung erinnern konnte. Im Übrigen ginge er selten hinaus.

„Die Hüfte“, sagte er und seufzte. „Drei Monate warte ich schon auf die Operation, aber die verfluchten Politiker ...“

„Vielen Dank“, unterbrach ihn Myran so freundlich sie konnte. Sie machte bei der zweiten Tür auf der Etage weiter. Niemand zu Hause. Auch bei Ketola nicht. Bei Jones-Sahlin öffnete eine junge Frau. Der Frau kam die Personenbeschreibung bekannt vor, aber sie wusste nicht, wie das Mädchen hieß und in welcher Wohnung sie wohnte. Wenigstens etwas, dachte Myran und rannte zur nächsten Etage hinunter. Dort öffnete niemand. Auch nicht im ersten Stock. Der Zeitpunkt war natürlich nicht der günstigste. Hochsommer und außerdem ein Dienstag. Wer nicht arbeitete, war in Urlaub gefahren. Aber Draculas Urenkelin hatte vermutlich keinen Job.

Deshalb musste die Chance, dass sie sich zu Hause aufhielt, ziemlich groß sein.

Im Treppenaufgang neben Myrans, bei Borgström im zweiten Stock, schlug die Falle zu. Nachdem sie drei Klingeltöne hatte verklingen lassen, klapperte plötzlich das Schloss. Die Tür glitt ein Stückchen auf, und ein Paar grüne, schwarz umrandete Augen starrten sie durch den Spalt an. Der Blickkontakt dauerte zwei, drei Sekunden, ehe Draculas Urenkelin Myran die Tür vor der Nase zuschlug.

Sie hockte sich hin, klappte die Briefschlitzklappe hoch und rief: „Ich will nur mit dir reden. Nichts weiter."

Sie wartete gespannt. Es verging eine Minute. Hinter der Tür war es still.

„Früher oder später erwisch ich dich doch", rief Myran. „Kapierst du?"

Aus dem Briefschlitz erscholl ein Donnern, dass Myran beinahe umwarf. Die heftige und brutale Musik, die das Mädchen in der Wohnung aufgedreht hatte, dröhnte durchs ganze Treppenhaus.

Myran schrie: „Du kommst nicht davon, kapierst du?"

Sie ließ die Klappe los und eilte die Treppe hinunter.

Als sie auf den Hof in den Sonnenschein hinaustrat, beschloss sie, es mit einer anderen Taktik zu versuchen.

Im Telefonbuch fand sie einundzwanzig Borgströms, doch nur einer davon wohnte auf dem Manegeväg in Skarpheden. Nach dem zweiten Klingeln meldete sich eine Stimme, die Myran wieder erkannte.

„Linn."

Sie kam direkt zur Sache, denn sie fürchtete, Draculas Urenkelin würde auflegen, sobald sie die Stimme erkannt hatte. „Ich war das, die vorhin bei dir geklingelt hat. Bitte leg nicht auf. Ich weiß, dass du mein Portmonee genommen hast. Der Hunderter ist mir egal, aber da ist ein Foto im Portmonee, das mir sehr viel bedeutet."

Sie machte eine Pause, umklammerte den Hörer fest und hoffte, dass Draculas Urenkelin nicht aufgelegt hatte. Noch war sie dran. Myran hörte sie durch den Hörer atmen.

„Ich will dir nichts tun. Ich versprech es. Wenn ich nur das Foto zurückkriege."

Sie verstummte wieder. Wartete.

„Du kriegst dein Portmonee wieder. Ich hab nichts angerührt."

Myran traute ihr nicht. Hatte das Mädchen wirklich die Finger von dem Hunderter gelassen? Aber es spielte sowieso keine Rolle, ob sie ihn genommen hatte. Das Foto war es, das wichtig war.

„Können wir uns also treffen? Such dir einen Ort aus."

Die Antwort kam schnell: „Auf dem Spielplatz."

„Hier auf dem Hof?"

„Mm."

„Und wann?"

„Ich bin in fünf Minuten da."

6

Myran erreichte den Treffpunkt als Erste. Sie warf sich auf die Bank neben dem Klettergerüst und wartete. Nach einer Weile sah sie, wie Draculas Urenkelin über den Hof schlenderte. Als sie näher kam, bemerkte Myran, dass sie das T-Shirt gewechselt hatte. An Stelle von Marilyn Mansons eiskaltem Grinsen zierte jetzt ein auf den Kopf gestelltes Kreuz ihre Brust. *Servants of Satan* stand darunter.

Satans Diener. Die legt es wirklich drauf an, aufzufallen, dachte Myran.

Sie winkte Draculas Urenkelin zu. Das Mädchen blieb stehen. Weiter als bis zum Zaun des Spielplatzes wagte sie sich nicht. Myran blieb sitzen und versuchte ruhig zu wirken, obwohl sie gespannt war wie ein Flitzebogen.

„Hast du das Portmonee dabei?"

Draculas Urenkelin hielt es hoch. „Nimm's dir."

Das Portmonee landete auf Myrans Schoß. Am Telefon hatte sie den Worten des Mädchens nicht so recht trauen mögen, und sie glaubte es immer noch nicht, obwohl auf ihrem Schoß zweifellos das braune und abgenutzte Lederportmonee lag, das sie vor zwei Jahren in Visby gekauft hatte. Aber Draculas Urenkelin hatte nicht gelogen. Alles war noch da. Der Hunderter, die Monatskarte und das Wichtigste von allem: das Foto von Papa.

Es war abgegriffen und zerknittert, aber das war ja nicht die Schuld des Mädchens. Die Fotografie war alt, sechzehn Jahre, und sie trug sie, seit sie sie nach dem Unfall im Fotoalbum entdeckt hatte, bei sich. Papa saß rittlings auf einer Harley Davidson, Sonnenbrille, Lederjacke und Cowboystiefel. Sein langes helles Haar glänzte wie Gold im Sonnenlicht. Die weißen Zähne strahlten, als er in die Kamera lächelte. Mama war es, die das Bild gemacht hatte. Sie hatten sich gerade erst kennen gelernt.

„Warum hast du das Portmonee eigentlich geklaut?", fragte sie das Mädchen. „Du hast doch nichts rausgenommen, nicht mal den Hunderter."

„Es war nicht wegen dem Geld."

„Weswegen war es dann?"

„Einfach 'ne coole Sache."

„Einfach 'ne coole Sache?"

Sie zuckte die Schultern. „Mm."

Myran seufzte tief. Warum sitze ich eigentlich hier und rede mit ihr? Warum hau ich nicht einfach ab? Einfach 'ne coole Sache! Die ist doch ganz klar gestört. Oder einfach nur bekloppt.

Aber sie konnte sich nicht aufraffen wegzugehen. Sie hatte zu viele Fragen. „Klaust du öfter die Portmonees anderer Leute?"

„Das war wirklich das erste Mal."
„Mach keine Witze!"
„Ich wollte nur ausprobieren, ob ich das drauf hab."
„Ob ich was merke?"
„Hast du doch nicht." Sie lächelte. „Obwohl ich nicht unbedingt damit gerechnet hatte, dich in der Waschküche zu treffen."
„Du hättest dein Gesicht sehen müssen." Myran lachte los.
„Und deins erst!"
„Wir haben wohl beide ein ganz schön blödes Gesicht gemacht."
„Glaub ich auch."
Sie schwiegen. Myran konnte sich immer noch nicht entscheiden, ob sie abhauen sollte.
Vielleicht war das Mädchen doch nicht so gestört, wie sie zuerst gedacht hatte, überlegte sie. Vielleicht ist sie ja richtig gut drauf, obwohl sie zum Weglaufen aussieht. Warte mal! Zurückspulen. Gestört musste sie doch sein. Normale Menschen laufen nicht rum und mopsen aus Spaß anderleuts Portmonees. So verzweifelt kann man gar nicht sein, dass man sich mit der Nächstbesten anfreundet. Oder?
Eine Mutter tauchte mit ihrem Kind auf dem Spielplatz auf. Sie hob einen kleinen Jungen aus seinem Buggy und setzte ihn in den Sandkasten. Eimer und Schäufelchen wurden ihm gebracht. Mit einem fröhlichen Glucksen ging er auf den trockenen Sand los. Die Mutter hatte

Myran entdeckt und vor allem Draculas Urenkelin. Sie setzte sich näher an den Jungen heran und schielte derweil beunruhigt in ihre Richtung.
Besser wir hauen ab, bevor sie die Polizei ruft, dachte Myran.
„Wie heißt du?“, fragte das Mädchen plötzlich.
„Myran.“
„Ist das dein richtiger Name?“
„Eigentlich Mirjam.“
„Das klingt hübsch.“
Das fand Myran nicht. Niemand nannte sie mehr Mirjam. Nicht einmal ihre Mutter. „Und du?“
„Linn.“ Sie zog eine Grimasse.
„Das ist doch ein sehr schöner Name.“
„Finde ich nicht. Er ist so ... farblos.“
„Stimmt doch gar nicht.“
„Ich würde lieber Mirjam heißen.“
„Sollen wir tauschen?“
„Von mir aus gerne.“
„Allerdings glaube ich, dass sich meine Mutter nicht so darüber freuen würde.“
„Meine auch nicht.“
Wieder herrschte Stille. Warum bin ich noch nicht nach Hause gegangen?, fragte sich Myran.
Plötzlich fragte Linn: „Sollen wir was machen?“
Verdutzt hörte Myran sich selbst fragen: „Klar. Was denn?“
„Entscheide du.“
Myran brauchte nicht zu überlegen. „Freibad?“

An einem Tag wie diesem, an dem der Himmel knallblau angestrichen war und die Sonne warm und golden schien, war das *Bergatorps-Bad* voll von Menschen. Braune und bleiche Körper drängten sich auf der großen Liegewiese, konkurrierten um die besten Sonnenplätze, und das Bassin war randvoll mit grölenden Kids.

Myran und Linn gingen zu den alten Eichen.

„Ich geh sonst nie hier hin“, sagte Linn. „Ich hasse Sonnenbaden. Aber hier ist es schön. Schattig.“

Myran hatte einen Lieblingsbaum, eine schiefe und knorrige Eiche, unter der sie immer saß. Linn streckte sich im hohen Gras zwischen dem Löwenzahn aus, der hier reichlich wuchs. Sie pflückte eine Blume und zupfte ein kleines Blütenblatt nach dem anderen aus, während sie murmelte: „Er liebt mich, er liebt mich nicht, er liebt mich, er liebt mich nicht.“

„In wen bist du verliebt?“, fragte Myran.

„In niemanden.“ Linn warf den blütenblattlosen Löwenzahn fort und rollte sich auf den Bauch. „Du bist doch nicht mehr sauer auf mich, oder?“, fragte sie.

„Ich hab ja das Portmonee zurückgekriegt.“

„Sicher?“

„Ich schwöre.“

„Hinterher hatte ich ein total schlechtes Gewissen.“

„Gut.“ Myran lächelte.

„Kennst du hier jemanden?“

Myran schüttelte den Kopf. „Und du?“

„Nee ... doch, ich kannte ein Mädchen, das Camilla hieß.

Aber sie ist im Frühjahr weggezogen. Erzähl mir von deinem Freund."
„Von meinem Freund?"
„Der auf dem Foto."
„Was? Haha." Myran musste lachen. „Das ist mein Papa."
„Aber er sah so jung aus."
„Es ist ein altes Foto."
„Aus welchem Grund hast du ein Foto von deinem Papa bei dir? Ich würde definitiv kein Foto von meinem Vater mit mir rumschleppen, er ist so ein Blödmann."
Vermutlich hatte Linn Recht. Es war schon ein bisschen komisch. Sie hätte Linn wohl erklären müssen, dass sie das Bild ihres Vaters im Portmonee mit sich herumtrug, damit sie nicht vergaß, wie er aussah.
Sie hatten sich seit beinahe einem Jahr nicht mehr getroffen, nicht mehr, seit sie nach dem Unfall aus dem Krankenhaus entlassen worden war. Sie wusste auch nicht, wann sie ihn wieder sehen würde. „Ich ruf an", war alles, was er gesagt hatte. Aber das hatte er nicht getan. Er wusste wahrscheinlich noch nicht einmal, dass sie umgezogen waren. Auf jeden Fall hatte er sich noch nicht gemeldet. „Die Nummer von meiner Schwester hat er", hatte Mama gesagt. „Will er uns erreichen, dann ruft er bestimmt da an."
Aber Myran sagte nichts, stattdessen fragte sie: „Hast du denn einen Freund?"
„Hatte. Frederik. Der süßeste Junge der Welt. Ich hab ein Foto von ihm. Willst du sehen?"

Sie holte eine kleine rote Geldbörse aus einer Tasche ihrer zerfetzten Hose, klappte eines der Plastikfächer auf und hielt es Myran vors Gesicht. „Es ist auch alt, fast ein Jahr."
Den Jungen auf dem Passfoto hinter Plastik hätte Myran nicht unbedingt als süß bezeichnet. Er sah aus, als wäre er einige Jahre älter als Linn, doch irgendwie schienen sie wie füreinander geschaffen. Lange schwarze Haare, die gefärbt aussahen, blass und mager. Gespickt mit Piercings. Er trug ein ähnliches T-Shirt, wie Linn es anhatte. *Servants of Satan.*
„Hattest, sagst du. Seid ihr nicht mehr zusammen?"
„Frederik war im Herbst in einen Autounfall verwickelt. Er war betrunken und hatte sich das Auto seines Vaters ausgeliehen. Ohne zu fragen natürlich. Dann hat er eine Kurve zu scharf genommen und ist in die Leitplanke gedonnert."
Sie lächelte des Foto traurig an.
„Ist ihm was passiert?", fragte Myran leise.
„Er wurde bekehrt."
„Machst du Witze?"
„Eigentlich hat Frederik unglaubliches Glück gehabt. Er hatte nur eine Gehirnerschütterung und hat sich die Hand verstaucht, aber es hätte viel schlimmer ausgehen können. Das Auto war nur noch Schrott. Das war kein Glück, hat er gesagt, das war etwas viel Größeres als das. Dann hab ich begriffen, was er gemeint hat. Als er auf der Intensivstation lag, hatte er Besuch von irgend so einem

Typen vom *Wort des Lebens,* und danach war er total verändert. Er ist früher in einer Band gewesen, die Black Metal spielt, aber nach dem Unfall ist er ausgestiegen. Er hat seinen Stil total geändert. Mit mir hat er Schluss gemacht."

„Warum denn?"

„Es reichte nicht, dass ich ihn liebte. Ich sollte auch Jesus lieben."

„Liebst du ihn noch?"

Sie schielte Myran verstohlen an. „Ich will dir was zeigen. Aber versprich mir, dass du niemandem was davon sagst."

Sie knöpfte sich das breite Nietenarmband ab, das an ihrem linken Handgelenk saß. Erst fiel es Myran schwer, zu erkennen, was Linn ihr zeigen wollte, auch wenn ihr der Gedanke im Hinterkopf herumspukte. Doch als Linn mit dem Finger über die kreideweiße Haut fuhr, sah sie es.

Die helle Narbe, die quer über das Handgelenk lief.

Myran war es mulmig zu Mute, sie wusste nicht, was sie sagen sollte. Warum zeigt sie mir das?

„Als Frederik Schluss gemacht hat, war ich völlig von der Rolle. Ich dachte, wenn ich was anstelle ... wenn ich mir selbst was antun würde, würde ich ihm Leid tun, so in der Art." Sie lächelte schief. „Es hat nicht funktioniert, kann ich dir sagen. Ein paar Tage danach kam er zu mir nach Hause. Weißt du, was er gesagt hat? Nicht: Ich liebe dich, ich werde dich nie wieder verlassen. Sondern:

Nimm Jesus an. Lass ihn in dein Herz. Aber ich will nicht Jesus haben. Ich will nur meinen Frederik zurück."

„Du musst ihn wirklich geliebt haben."

Linn machte das Nietenarmband fest und sah sie an.

„Ich glaube, ich werde niemals jemanden so sehr lieben wie Frederik."

„Das weißt du doch gar nicht, du kannst doch einen anderen Jungen kennen lernen."

„Sowas weiß man einfach. Ich meine, ich werde mich sicher wieder verlieben ... aber jemanden richtig lieben. Das tut man nur einmal im Leben."

7

„Muss ich?"
„Ja, natürlich. Ich muss heute Abend arbeiten, und die Waschküche ist die ganze Woche belegt."
„Dann musst du staubsaugen."
„Du hast schließlich die ganze Zeit frei, also finde ich, dass du hier zu Hause sehr gut etwas mehr tun könntest."
„Ich treffe eine Freundin."
„Wen denn? Jemanden, den ich kenne?"
„Sie heißt Linn. Wohnt hier in Skarpheden."
Zum ersten Mal war in Mamas morgenmüdem Gesicht ein Lächeln zu sehen. „Wie schön. Ist sie nett?"
„Nein, sie ist wahnsinnig böse, deshalb treffe ich mich ja mit ihr."
Jetzt war die schlechte Morgenlaune ihrer Mutter wie weggeblasen. Mild und mütterlich ging sie auf Myran zu und nahm sie in den Arm. „Ich hab doch gesagt, dass du neue Freunde finden würdest."
Myran versuchte sich aus ihrem Griff zu winden. „Hast du das gesagt? Ich kann mich nicht dran erinnern."

Es klingelte an der Tür. Linn war früh dran. Es war erst halb elf. Zwölf hatten sie abgemacht. Sie wollten zum Bummeln in die Stadt fahren.
„Sie ist jetzt da."
„Dann geh und mach auf!"
Linn trug eine Sonnenbrille mit runden, gelben Gläsern und dasselbe T-Shirt, das sie schon am Tag zuvor angehabt hatte. Super, Linn!, dachte Myran. Mama wird dich lieben. Als ob die Horrorbemalung und das Nietenarmband nicht reichten.
„Bist du fertig?", fragte Linn.
„Wir können nicht fahren ..."
„Können wir nicht?"
„Ich muss waschen."
„Aha." Linn sah nicht besonders enttäuscht aus, zuckte nur mit den Schultern. „Ich kann dir helfen, wenn du willst."
„Gerne. Komm rein."
Mamas herzliche Willkommensstimme war im Flur zu hören. „Hallo, ich bin Paula."
Ihre Mutter erstarrte. Die Hand, die im Begriff war, sich Linn entgegenzustrecken, verharrte auf halbem Weg in der Luft. An und für sich hatte Myran damit gerechnet, dass sich ihre Mutter über Linn wundern, aber nicht damit, dass sie so geschockt sein würde.
Plötzlich begriff sie. Sie fühlte sich wie ein Idiot.
„Myran", sagte die Mutter in einer völlig neuen Tonlage. Keine Spur von Wärme und Herzlichkeit lag in ihrer

Stimme. „Ich will mit dir reden." Sie gab ihr mit dem Blick ein Zeichen, mit ihr in die Küche zu gehen.

„Warte hier", murmelte Myran Linn zu.

Linn war nicht so dumm, dass sie nicht verstand, worum es ging. „Willst du, dass ich gehe?"

„Du gehst nirgendwohin", sagte Myran mit Nachdruck und folgte ihrer Mutter in die Küche.

„Ist sie das?", flüsterte die Mutter aufgeregt. „Die, die dein Portmonee gestohlen hat?"

„Ja, das ist sie. Aber du brauchst dir keine Sorgen zu machen. Es ist okay. Und sie hat sich entschuldigt."

„Sie ist kriminell, Myran. Das ist dir doch hoffentlich klar."

„Sie ist überhaupt nicht kriminell. Das war nur ... ein dummer Streich."

Die Mutter berührte unbeholfen Myrans Arm. „Ich kenne sie nicht, und vielleicht ist sie nett, aber du darfst nicht so naiv sein zu glauben, dass sich solche Menschen über Nacht ändern. Und ich habe wirklich Angst um dich, Myran."

„Bist du fertig?"

„Was meinst du damit?"

„Du hörst mir ja gar nicht zu! Linn hat sich entschuldigt, und ich habe mein Portmonee zurückgekriegt. Mir reicht das."

„Myran. Ich will doch nur nicht, dass dir was passiert."

„Wenn dir mein Wohlergehen wirklich so wichtig wäre, wären wir niemals von Lillsätra weggezogen."

„Fang jetzt nicht wieder damit an."
Myran wurde wütend. „Ich fang damit so oft an, wie ich will."
Ihre Mutter hob die Hände zu einer hilflosen Geste. „Okay. Mach, was du willst. Ich werde mich nicht einmischen, mit wem du dich triffst."
„Danke."
Myran ging in den Flur, wo Linn stand und auf ihre Schuhe starrte. Sie hoffte, dass Linn den Streit zwischen ihrer Mutter und ihr nicht gehört hatte.
„Ich hol nur noch die Schmutzwäsche, dann können wir gehen."

Myran hatte die Stahltür aufgeschlossen und tastete an der Wand nach dem Lichtschalter. Das Licht flackerte auf und erlosch. Sie drehte den Lichtschalter einige Male, aber die Leuchtstoffröhre gab nichts anderes von sich als ein spöttisches Knacken. „Du hast nicht zufällig ein Feuerzeug, oder?"
Linn schüttelte den Kopf.
„Gib mir deine Hand. Es ist stockdunkel da drinnen."
Hand in Hand tasteten sie sich durch den dunklen Korridor zur Waschküche. Mit vereinten Kräften leerten sie die Tüten mit Schmutzwäsche.
„Deine Mama mag mich nicht, was?", fragte Linn.
Myran warf ihr einen ängstlichen Blick zu. Dann hatte Linn also gehört, worüber die Mutter und sie gestritten hatten.

„Sie kennt dich nicht."
„Aber sie weiß, dass ich dein Portmonee geklaut hab."
„Und ich hab ihr erklärt, dass du es mir zurückgegeben hast."
Linn seufzte. „Manchmal mach ich so verrückte Sachen."
Myran knallte die Tür der Waschmaschine zu und drehte am Vorwahlknopf. „Fertig. Wollen wir los?"
Auf dem Rückweg durch den dunklen Korridor fiel es Myran plötzlich ein. Das Waschmittel. Natürlich würden sie in einer Stunde in die Waschküche zurückgehen, aber wenn es um solche Sachen ging, war ihre Mutter total paranoid. „Du darfst niemals etwas in der Waschküche stehen lassen. Die Leute klauen wie die Raben."
„Ich hab das Waschmittel vergessen", sagte sie und ließ Linns Hand los. „Warte draußen auf mich."
Gut, dass die Augen sich an die Dunkelheit gewöhnen, dachte sie, während sie durch den Korridor eilte. Zurück in der Waschküche riss sie die halb volle Plastikflasche an sich, die sie auf eine der Maschinen gestellt hatte.
Da bemerkte sie etwas.
Die Tür zum Trockenraum war angelehnt.
Sie war sich sicher, dass sie die ganze Zeit geschlossen gewesen war. Jedenfalls als sie und Linn in der Waschküche gewesen waren.
Sofern Linn sie nicht geöffnet hatte ... Nein, das hätte sie gemerkt. Und warum sollte Linn das getan haben?
Myran starrte wie gebannt auf die Tür.
Das kleine Mädchen!

Myran hatte es beinahe vergessen.
Natürlich war sie es gewesen, die die Tür geöffnet hatte.
Vielleicht sollte sie Linn rufen.
Ach, reiß dich zusammen, das ist doch bloß ein Kind, kein Psychopath aus einem Horrorfilm, der da drinnen lauert.
Bloß ein Kind, dem es auf eine unerklärbare, mysteriöse Weise gelungen war, aus dem Trockenraum zu verschwinden, obwohl es dort keine Fenster gab, nur dicke Betonwände und eine Tür, durch die sie unmöglich geschlüpft sein konnte, weil ich nämlich davor stand.
Myran gab der Tür einen sanften Schubs, sodass sie langsam aufglitt, setzte den Fuß über die Schwelle und drückte fest auf den roten Lichtschalter an der Wand. Ein trübes, gelbliches Licht fiel in den leeren Raum. Die Luft war kühl mit einem schwachen Duft nach Waschmittel. Auf den Leinen hing keine Wäsche.
Dieses Mal gab es keine Laken, hinter denen man sich verstecken konnte.
Dieses Mal war Myran vorbereitet.
Sie stand ganz hinten im Raum. Mit dem gleichen versteinerten, verschreckten Ausdruck im Gesicht, an den sich Myran vom letzten Mal entsann. Jetzt konnte sie auch sehen, wie das Mädchen gekleidet war.
Das Kleid war weiß mit einer ovalen, goldenen Schnalle. Um eines ihrer Fußgelenke glänzte ein dicker Goldring. Sie war barfuß. Ihre kleinen Füße waren schwarz vor Schmutz.

„Wer bist du?“, flüsterte Myran.

Sie erwartete keine Antwort. Denn ihr war klar, dass das Mädchen nicht hierher gehörte. Das Mädchen gehörte nicht einmal in diese Zeit. Sie kam aus einer anderen Welt. Ein Gespenst.

Merkwürdigerweise erschreckte dieser Gedanke sie nicht im Geringsten. Vielleicht weil es sich trotz allem nur um ein kleines, verängstigtes Mädchen handelte, das da vor ihr stand.

„Wie heißt du?“

Das Mädchen machte nicht den Anschein, dass es antworten konnte. Ihre Mimik schien in ihrem stummen, vor Schreck gelähmten Ausdruck fixiert zu sein, wie das Gesicht auf einer Fotografie. Trotzdem zeigte sich im selben Moment ihre Angst, stark und lebendig, als gelte sie hier und jetzt und nicht irgendetwas, das vor langer Zeit geschehen war.

Als gelte sie Myran.

„Was willst du?“ Myran machte einen Schritt auf das Mädchen zu, versuchte sich so leise zu bewegen, wie sie konnte, als ob sie sich einem scheuen und seltenen Tier näherte. Oder einem vor Schreck gelähmten Kind, dessen Augen Dinge gesehen hatten, die nur in den schlimmsten Albträumen existierten.

„Hab keine Angst ... Ich will nur ...“

Ein Blinzeln.

Und schon war sie fort.

Hinter Myran gab es einen Knall.

8

Myran schrie. Sie fuhr herum und warf sich gegen die Tür. Die Tür, die hinter ihr zugeschlagen worden war. Und abgeschlossen. Linn! Der Gedanke durchzuckte sie wie ein Blitz. Der Teufel soll sie holen! Sie ruckte heftig an der Türklinke, hämmerte mit geballten Fäusten an die Tür und schrie nach Linn. Sie solle sofort die Tür aufschließen, sonst würde es ihr noch Leid tun. Gleichzeitig versuchte sie mit einer anderen, vernünftigeren Stimme die Panik zu dämpfen, die in ihre aufstieg. Bleib cool. Sie wird aufmachen, so megagemein kann sie nicht sein, dass sie einfach abhaut. Wenn du dich beruhigt hast, lässt sie dich raus, und dann wird sie da draußen stehen, der Welt breitestes Grinsen im Gesicht. Und ich werde sie würgen, bis sie ...

Plötzlich war alles schwarz.

Jeder Muskel in ihrem Körper erlahmte, es fühlte sich an, als ob auch das Herz stehen blieb. Ihre Hände tasteten verzweifelt nach dem Lichtschalter. Sie wusste, dass er an der Wand neben der Tür saß. Dann fühlte sie ihn. Presste die ganze Handfläche darauf.

Nichts passierte.
Okay, okay, plapperte es in ihr, die Birne ist kaputt, solche Sachen passieren.
Sie begann von neuem, gegen die Tür zu hämmern. Sie war dem Weinen nahe. Sie spürte die Beklemmung in der Brust. „Bitte, Linn, lass mich raus ...“
Das Klacken der Türklinke, die sich auf und ab bewegte. Dann eine gedämpfte, aufgeregte Stimme hinter der Tür: „Warte, shit, ich glaub, das Schloss ist zugeschnappt.“
„Linn!“, schrie Myran. „Bist du da?“
„Warte mal.“
Ein kratzendes Geräusch, es schien aus dem Türspalt zu kommen.
„Linn“, sagte Myran mit zitternder Stimme. „Was machst du da?“
„Yes!“
Licht strömte in den Raum, gefolgt von Linns überdrehter Stimme. „Shit, du hast vielleicht geschrien.“
Myran wusste nicht, ob sie Linn eine runterhauen oder ihr um den Hals fallen sollte. Sie zitterte am ganzen Körper.
Draußen vor der Stahltür gab es eine Bank. Myran sank darauf nieder. Sie zitterte immer noch, aber der schlimmste Schock hatte sich gelegt.
Linn setzte sich vorsichtig neben sie.
Ohne Linn anzusehen, fragte Myran: „Warst du das, die mich eingeschlossen hat?“
Linn lächelte unsicher. „Machst du Witze?“

Myran schüttelte den Kopf. „Im Ernst. Bist du das gewesen?“
Linns Augen bekamen einen Ausdruck, als fühlte sie sich verletzt. Es sah beinahe so aus, als wollte sie anfangen zu weinen. „Wie kannst du sowas glauben?“
„Auf jeden Fall hat jemand die Tür abgeschlossen, als ich da drinnen war.“
„Ich war es jedenfalls nicht. Ich schwör's. Ich hab draußen auf dich gewartet, wie du gesagt hast. Und als es so lange gedauert hat, bin ich zurückgegangen und hab dich wie 'ne Verrückte schreien hören.“
„Okay“, murmelte Myran. „Ich glaube dir.“
Vielleicht hätte sie auch um Verzeihung bitten sollen, denn im tiefsten Innern hatte sie die ganze Zeit gewusst, dass Linn unschuldig war. Linn war ganz einfach nicht so eine. Sicherlich hatte sie zugegeben, dass sie manchmal wilde Ideen und Einfälle hatte, aber sie würde niemals jemandem Böses tun. Nicht einmal aus Jux.
„Vielleicht hat es Durchzug gegeben“, versuchte Linn eine Erklärung. „Und dann hat sich das Schloss verklemmt.“
„Da war aber kein Durchzug. Und das Schloss ist auch nicht von selbst zugeschnappt.“
„Ich hab auf jeden Fall niemanden in die Waschküche gehen sehen.“
„Es ist auch niemand in die Waschküche gekommen. Es war schon jemand drin.“
„Jetzt begreife ich gar nichts mehr.“

Mühsam erhob sich Myran von der Bank, sie fühlte sich wie eine kraftlose alte Oma. „Wir gehen rauf zu mir."

„Glaubst du an Gespenster?", fragte Myran.
Linn stellte den Becher mit Kaffee, den sie für Myran gekocht hatte, auf den Küchentisch. Sie selbst trank Tee. Dann setzte sie sich Myran gegenüber.
„Es fällt mir auf jeden Fall schwer, mir vorzustellen, dass man irgendwann einfach aufhört zu existieren."
„Obwohl angeblich nicht alle Menschen, die sterben, zu Geistern werden. Ich habe gelesen, dass es nur die sein sollen, die im Grab keine Ruhe finden."
Linn schickte ihr einen langen, fragenden Blick über den Tisch. „Was denn? Du glaubst, dass es in der Waschküche spukt?"
„Es war ja nicht nur das mit der Tür. Oder dass das Licht ausgegangen ist."
„Hast du da drinnen jemanden gesehen?"
Myran nippte am Kaffee und verzog das Gesicht. Er war stark und bitter. Sie goss etwas mehr Milch dazu und nahm noch ein Stück Zucker.
„Ein kleines Mädchen."
„Ich weiß, wen du meinst."
„Was?"
„Camilla hat sie gesehen."
„Camilla war die, die weggezogen ist, oder?"
„Mm. Sie hat erzählt, dass sie ein kleines Mädchen gese-

hen hat, das im Trockenraum stand und sie anstarrte. Das Mädchen sah total verängstigt aus. Dann ist was sehr Merkwürdiges passiert."

„Sie verschwand."

Linn schnippte mit den Fingern. „Genau das. Camilla hat eine Scheißangst gekriegt und ist abgehauen."

„Hat sie das Mädchen öfter gesehen?"

„Ich weiß nicht. Jedenfalls hat sie mir nichts gesagt."

„Das war jetzt das zweite Mal, dass ich die Kleine gesehen habe. Das erste Mal war letztens, als du aufgetaucht bist. Danach habe ich gar nicht mehr an sie gedacht. Aber diesmal ..."

„Kannst du mir nicht erzählen, was passiert ist?"

Myran nahm noch einen Schluck Kaffee. Er war immer noch stark, aber trinkbar. Dann begann sie zu erzählen. Von dem Moment, als sie bemerkt hatte, dass die Tür zum Trockenraum offen stand, bis zu dem Moment, als eben diese Tür hinter ihr zuschlug und das Licht erlosch. „Ich hab in meinem ganzen Leben noch nie solche Angst gehabt."

Linns Augen strahlten. „Shit, das ist voll cool."

„Das war nicht die Spur cool", brummelte Myran.

„Entschuldige, ich meinte nicht, dass es cool war, dass du Angst hattest, sondern die Sache selbst, also, dass es spukt. Ich hab jedenfalls noch nie ein Gespenst gesehen."

„Ich bisher auch nicht." Myran sank in den Stuhl zurück, den Kaffeebecher mit den Händen umschließend. „Sie war nicht so Furcht einflößend. Es war mehr dieses Gefühl, das sie ausstrahlte. Angst."

„Was meinst du: Wovor hat sie wohl Angst?"

Myran zuckte die Schultern. „Weiß nicht. Aber ich glaube, dass sie versucht hat, es mir zu sagen."

„Und was dir sonst noch passiert ist? Als du im Trockenraum eingesperrt worden bist. War das auch das Geistermädchen?"

„Das glaub ich nicht. Sie will mir nichts Böses. Es muss etwas anderes gewesen sein."

„Hast du eine Sache bedacht?", fragte Linn.

„Was denn?"

„Du hast immer noch Wäsche da unten."

Im Putzschrank fand Myran eine Taschenlampe. Gemeinsam gingen sie zurück zur Waschküche, und während Linn an der Tür Wache hielt, beeilte sich Myran, die Wäsche in den Trockner zu stopfen. Sie würden noch einmal hingehen müssen. Und zukünftig durfte ihre Mutter sich selbst um die Wäsche kümmern, da konnte sie noch so sehr darauf bestehen, dass das in Myrans Verantwortung lag.

Später, als sie die trockene Kleidung geholt und in Myrans Wohnung hinaufgetragen hatten, war es bereits fünf Uhr nachmittags. Linn musste zum Essen nach Hause. Doch bevor sie auseinander gingen, wollte Myran sie um Entschuldigung bitten.

„Eigentlich hätte mir klar sein sollen, dass du sowas niemals tun würdest."

„Vergiss es." Linn schnürte sich die Schuhe zu und machte sich fertig zu gehen. „Sehen wir uns morgen?"

„Wollen wir in die Stadt?"

„Von mir aus gern."

„Linn?"

Linn wandte sich um. „Was denn?"

„Wie hast du die Tür aufgekriegt?"

„Ich hab meine Bankkarte benutzt."

„Wo hast du das gelernt?"

„Das hat mir keiner beigebracht. Es war das erste Mal, dass ich das gemacht habe."

„Vielleicht solltest du eine Karriere als Einbrecher starten."

„Ich hab auch schon dran gedacht."

Sie lachten.

Dann sagte Linn: „Dann sehen wir uns also morgen?"

Myran nickte. „Morgen."

9

Das Wochenhoroskop lautete: *Du hast so viel zu tun – was du auch gerne in Angriff nimmst –, dass du für dein Privatleben keine Zeit mehr hast. Sowohl dein Liebesleben als auch deine Freunde müssen auf eine spätere Gelegenheit warten. Niemanden wird das besonders treffen.*

Myran versuchte nachzudenken, ob sie irgendetwas vergessen hatte, denn soweit sie wusste, hatte sie nicht besonders viel zu erledigen. Wenn man nicht mitzählte, ausgestreckt unter den alten Eichen im Gras zu liegen und mit Linn über alles Mögliche zu quatschen. Denn das war so ziemlich das Einzige, was sie in den letzten Tagen getan hatte.

Und das Liebesleben ...

Sie dachte an Jocke Soundso. An die Blicke, die er ihr in der Cafeteria im *Gården* zugeworfen hatte. Daran, wie sie sich zuerst wegen seiner unverschämten Blicke geniert hatte, und die Enttäuschung, als er gegangen war. Sie hatte Linn nichts davon erzählt, denn dann hätte sie ihr auch erzählen müssen, dass sie sich nicht getraut hatte, seinen Blick zu erwidern. Das wäre einem Zugeständnis gleichgekommen, dass sie im Umgang mit Jungen nicht besonders erfahren war. Nicht so wie Linn, die, obwohl sie gleichaltrig waren, bereits ihrer großen Liebe begegnet war.

Und sich für jemanden zu interessieren oder auf jemanden neugierig zu sein war schließlich nicht dasselbe wie verliebt zu sein.

Sie seufzte. Horoskope. Wer glaubte schon daran?

Ein höfliches Klopfen an der Tür weckte sie aus ihren Gedanken. „Was ist?“, rief sie.

„Ich will mit dir reden. Es ist wichtig.“

Myran warf die *Vecko Revyn* auf den Boden. Sie erhob sich von ihrem Bett, auf dem sie den ganzen Morgen gelegen hatte, und zog sich Hosen und ein weißes Top an. Dann öffnete sie die Tür. Es war etwas passiert. Das war am verbissenen Gesichtsausdruck ihrer Mutter zu sehen und an ihrem abgehackten, gedrückten Tonfall zu hören.

„Was ist los, Mama?“

„Telefon für dich.“

Es war nicht Linn, soviel war ihr klar. Sicher, sie hatten darüber gesprochen, dass sie sich heute treffen wollten, aber Linn würde den ganzen Vormittag fort sein und nicht vor vier zurückkommen.

„Ich gehe einmal in der Woche zum Psychologen“, hatte sie erzählt. „Das war Mamas Idee. Wenn ich es selbst zu entscheiden hätte, würde ich auch ohne zurechtkommen. Seine Fragerei ist so öde.“

„Wer ist es denn?“, fragte Myran.

„Dein Vater."
Ihre Hand zitterte, nein bebte, als sie im Flur den Hörer hochnahm. Das Mikrofon dicht am Mund, sagte sie leise:
„Hallo, Papa."
„Grüß dich, Kleine. Wie geht's dir?"
Die Stimme klang undeutlich, als ob er über Handy telefonierte. Im Hintergrund war das Dröhnen einer Autobahn zu hören.
„Gut", antwortete sie.
Das Gespräch dauerte nicht besonders lange, und es war ihr Vater, der einen Großteil davon bestritt. Sie hörte zu und antwortete einsilbig auf seine Fragen. Wie es ihr in Skarpnäck gefalle? (Sie kam nicht einmal auf die Idee, ihn zu verbessern.) Ob sie schon Freunde gefunden habe? Wie es denn in der Schule so liefe? Schließlich fragte er, ob sie sich treffen könnten, und sie antwortete: klar, gerne. Freitagabend würde es ihm passen. Das passte ihr auch.
„Gut, dann sagen wir also bis dahin."
„Tschüss", sagte sie und legte auf.
Ihr war total schwindelig, als ob sie aus einem sonderbaren Traum erwacht sei, der sie noch nicht losgelassen hatte.
Papa.
„Habt ihr vor, euch zu treffen?"
Die Mutter war in den Flur gekommen. Mit verschränkten Armen stand sie an die Wand gelehnt da.
„Am Freitag", antwortete Myran.

„Wie lange ist das her, dass ihr euch das letzte Mal getroffen habt?“

„Das war letzten Sommer.“ Besser gesagt, am vierten August. Ihr Vater hatte sie im Krankenhaus besucht, hatte Süßigkeiten mitgebracht (Gummibärchen, die sie so sehr liebte) und ein Buch (*Sofies Welt*, das sie bereits gelesen hatte, als sie ins Sechste ging, aber das erwähnte sie natürlich nicht). Seinen Arm trug er immer noch in Gips, aber am Kiefer hatten die Ärzte die Fäden schon gezogen. Bereits am Tag nach dem Unfall war er entlassen worden, während sie gezwungen gewesen war, die nächsten zwei Wochen dort zu bleiben.

„Woher wusste er übrigens, dass wir nach Skarpheden gezogen sind?“

„Er muss mit meiner Schwester gesprochen haben.“

Das Telefon klingelte. Ihre Mutter nahm ab. „Hallo, Angela. Ja, er hat angerufen. Gerade eben.“

Myran ging in ihr Zimmer.

Linn sagte sie nichts. Nicht, weil sie ihr nicht vertraute, aber in all der Freude und Erwartung fand sich auch eine schleichende Angst. Angst davor, dass Papa anrufen und es sich in letzter Minute anders überlegen könnte. „Tut mir Leid, Kleine, da ist mir was dazwischen gekommen, was ich sofort erledigen muss.“ Oder dass er am Freitag überhaupt nichts von sich hören lassen würde, wie er versprochen hatte.

Wenn Linn nichts davon wusste, würde Myran ihr hin-

terher nichts erklären müssen, falls Papa nicht auftauchen würde. Aber falls mit dem Treffen alles gut ginge, würde sie ihr alles erzählen.
Gegen vier rief Linn an. Sie klang aufgeregt. „Ich hab eine so unglaublich gute Idee!“ Du musst sofort hierher kommen.“ Mehr hatte sie nicht sagen wollen.
Myran hatte sich schnellstens auf den Weg gemacht.
Sie war vorher noch nie bei Linn zu Hause gewesen und war überrascht, als sie Linns Zimmer betrat. Es war hübsch und ordentlich wie in einer Puppenstube. An den Wänden hingen gerahmte Drucke berühmter Kunstwerke, die den billigen Reproduktionen ähnelten, die die Wände in Myrans Wohnung zierten. In einer Vitrine hatte Linn niedliche kleine Porzellantiere gesammelt und Bücher mit goldgelbem Einband. Keine Kleider lagen auf dem Boden verstreut, wie in ihrem eigenen Zimmer, und das Bett war gemacht, die Decke ordentlich unter die Matratze gestopft. Als sie sich auf das Sofa setzte, das gestreift wie eine Zuckerstange war, wunderte sie sich, wie ordentlich die Zeitschriften auf dem Glastisch gestapelt lagen, als ob sie eher zur Dekoration dienen sollten als zur Lektüre. Keine Poster von Marilyn Manson, keine auf den Kopf gestellten Kreuze. Dies hier war eine neue und unbekannte Seite von Linn.
„Hübsch hast du's.“
Das Kompliment war umsonst, denn Linn war unter das Bett gekrochen. Sie zog eine große Schultertasche aus Kunststoff und ein zusammengeklapptes Kamerastativ

hervor. Sie öffnete die Tasche, deren Inhalt sich als eine Videokamera der alten, klobigen Art mit langem Objektiv und abnehmbarem Mikrofon erwies. Myran hatte eine ähnliche Kamera in den Medienstunden in der Schule benutzt.

„Was hast du damit vor?“

„Wir werden reich und berühmt.“

„Du meinst, wir sollen Filme machen?“

„Einen Dokumentarfilm.“

„Über?“

„Das Geistermädchen in der Waschküche natürlich.“

„Ich hoffe, das war ein Scherz.“

„Schaust du dir nie *Sonderbare Phänomene* an? Im Fünften. Einmal haben sie einen Film gezeigt, den ein ganz gewöhnlicher Junge in England gedreht hat. Er hat seine Mutter gefilmt, wie sie in der Küche steht und Scones backt. Das Problem war, dass die Gute schon drei Jahre zuvor gestorben war. Offenbar war Backen ihre Leidenschaft gewesen. Auf jeden Fall sah es wahnsinnig echt aus, und der Moderator garantierte, dass der Film authentisch war. Man kann verdammt viel Geld für solche Filme kriegen.“

Myran musste lachen. Nicht weil das irgendwie witzig war, sondern weil Linns Idee so absurd war.

„Warum lachst du?“ Linn klang eher verwundert, nicht verärgert.

„Das hier ist kein Spiel, Linn.“

„Wenn du so sprichst, klingst du wie meine Mutter.“

Vielleicht war es so. Doch in diesem Moment fühlte sie sich eine ganze Portion erwachsener als Linn.
„Ich geh nie wieder da hin."
„Überleg mal, was du damals gesagt hast. Das Geistermädchen hat versucht, dir etwas zu sagen. Willst du nicht wissen, was?"
„Glaubst du, sie erzählt es uns, bloß weil wir eine Kamera auf ihr Gesicht richten? Erstens glaube ich nicht, dass sie mit uns sprechen kann, zweitens kommt sie aus einer anderen Zeit. Möglicherweise verstehen wir überhaupt nicht, was sie sagt. Und drittens: Ich will nicht mehr da runtergehen."
„Wir können uns doch schützen."
Myran seufzte. „Sicher."
„Wir nehmen eine Bibel und ein Kreuz mit."
„Ich dachte, du glaubst nicht an sowas."
„Bloß weil ich Marilyn Manson mag?"
„Ich dachte mehr an dein Shirt."
„Das hab ich von Frederik bekommen. *Servants of Satan* war seine Band. Sie haben verschiedene solcher Shirts drucken lassen und sie dann an Freunde und Fans verschenkt. Ich bin keine Satanistin, falls du das glaubst."
„Das hab ich auch nicht geglaubt. War nur ein Scherz. Aber ich musste da an etwas denken. Erinnerst du dich, dass ich gesagt habe, ich glaube nicht, dass das Geistermädchen mich im Trockenraum eingeschlossen hat?"
Linn nickte. „Sie würde dir nichts Böses tun, hast du gesagt. Es muss etwas anderes gewesen sein."

„Das meine ich nicht. Die Tür, die offen stand und dann hinter mir zugeschlagen ist, die Lampe, die ausgegangen ist. Sie war es, die das getan hat. Aber nicht, um mich zu Tode zu erschrecken, sondern um mich zu warnen."
„Warnen, wovor denn?"
„Du hättest den Ausdruck in ihren Augen sehen sollen. Sie hat etwas Grauenhaftes erlebt. Etwas, das vor langer Zeit passiert ist, lange bevor das Haus gebaut worden ist. Ich hab dir doch erzählt, wie sie angezogen war?"
„Mm. So als käme sie aus einer anderen Zeit."
„Sie hat versucht mich zu warnen, Linn. Ich weiß es."
Linn fummelte an der großen Kamera herum, die an ihren Knien lehnte. „Ich will sie trotzdem filmen."
„Du hast mir überhaupt nicht zugehört, was?"
„Das wär so eine supercoole Sache."
Ich geb's auf, dachte Myran und schnappte sich eine der Zeitschriften vom Glastisch. Das Zeitschriftenpapier glänzte. *Elle*. Las Linn wirklich *Elle*? Sie bezweifelte das.
„Dann musst du allein da runtergehen", brummelte sie hinter dem Luxusmagazin.

10

Kurz vor fünf am Freitagnachmittag rief ihre Mutter an und teilte ihr mit, dass sie später käme. Sie wurde in der Arbeit mit irgendwas nicht fertig, behauptete sie. Notlüge, dachte Myran.

Heute Abend würde sie Papa treffen. Er hatte bereits früher am Tag angerufen, genau wie er versprochen hatte. Für acht Uhr hatten sie sich verabredet, und den ganzen Tag lang hatte Myran die Minuten und Sekunden gezählt. Voller Vorfreude, aber auch nervös. Nein, sie war nicht „in der Arbeit mit irgendwas nicht fertig geworden" – ihre Mutter wollte nicht zu Hause sein, wenn Papa kam. Seit der Scheidung hatte Myran es nicht ein einziges Mal erlebt, dass ihre Eltern sich getroffen hätten, ohne dass sie angefangen hatten sich anzuschreien. Nach dem Unfall hatten sie überhaupt nicht mehr miteinander gesprochen.

Die Stunden krochen dahin. Sie aß ein halbes Fischgratin. Schaute sich *Friends* an, eine alte Folge, die jetzt im Sommer, wie so vieles andere im Fernsehen, als Wiederholung gezeigt wurde. Sie setzte Kaffee auf und blätterte in der *Vecko Revyn,* während sie wartete, dass es in der Küche anfing zu blubbern.

Das Horoskop lautete: *Du erlebst eine Phase der Harmonie und Ruhe, in der das meiste nach deinen Wünschen zu laufen scheint ...*

Wir werden sehen, dachte Myran. Die Uhr auf dem Videorekorder zeigte 18:25 Uhr. Sie trank Kaffee und guckte Z-TV. Einen Videoclip mit Marilyn Manson. Sie ertappte sich selbst dabei, wie sie den Refrain mitsang. Inzwischen war es Viertel vor sieben geworden. Sie schaute aus dem Fenster. Auf dem Spielplatz kraxelten zwei kleine Jungen auf dem Klettergerüst. Ihr unbeschwertes, glückliches Gejaule war bis in den dritten Stock zu hören. Z-TV. Das aktuelle Video der *Spice-Girls.* In der Mittelstufe hatte sie die *Spice-Girls* angehimmelt. Besonders Mel C. Bezeichnenderweise war Mel C auch Matildas Lieblingsstar gewesen. Sie erinnerte sich an die Weihnachtsfeier in der Fünften, als die Schule eine Mini-Playback-Show veranstaltet hatte. Myran, Matilda, Cissi und zwei andere Mädchen waren als *Spice-Girls* aufgetreten.

Aber weil Myran und Matilda sich nicht einigen konnten, wer von ihnen Mel C sein durfte, losten sie es aus. Myran verlor. Das einzige Spice-Girls-Mitglied, das noch übrig war, war Emma. Baby Spice. Sie wurden Dritte im Wettbewerb, aber Myran wusste, wenn sie Mel C hätte sein dürfen, hätten sie gewonnen. Sie war eine erbärmliche Emma gewesen. Sie war ja noch nicht einmal blond.

Es wurde halb acht. Sie schaltete um. Die Wiederholung einer anderen amerikanischen Comedy-Serie. Die war auch nicht witziger geworden, seit sie das letzte Mal gezeigt worden war. Sie schaltete um auf *Rapport*. IT-Aktienkurse fielen ins Bodenlose, die Krise im Nahen Osten hatte sich verschlimmert, der Schauspieler Nils Poppe war tot. Sie schaltete den Fernseher aus und griff nach der *Vecko Revyn*. Dann fiel ihr ein, dass sie die ja schon angeschaut hatte, und sie ging stattdessen in die Küche und warf einen Blick hinaus in den Hof. Die kleinen Jungen waren verschwunden. Der Himmel war rosa. Viertel vor acht. Sie hatte Schmetterlinge im Bauch.

Das Telefon klingelte. Myran zuckte zusammen, als hätte sie einen Stoß bekommen. Papa. Dann rannte sie in den Flur. „Hallo?"

Es war Linn. „Heute Abend geh ich hin." Nicht einmal „Hallo" hatte sie gesagt.

„Lass es sein", sagte Myran.

„Bleib locker. Wir brauchen nur die Kamera im Trockenraum aufzustellen, auf Aufnahme zu drücken, und dann hauen wir ab. Morgen gehen wir zurück und holen das Band. Bist du dabei? Wir brauchen gar nicht dabeizubleiben."

Myran war ein wenig beruhigt. Aber nur ein wenig. „Ich glaube nicht, dass sie sich zeigt, wenn wir nicht da sind."

„Es wäre auf jeden Fall einen Versuch wert. Ich meine, ich hab auch keine Lust, die ganze Nacht da rumzusitzen und auf sie zu warten."

„Mach, was du willst. Ich kann dich anscheinend nicht dran hindern."

„Aber ich möchte gern, dass du mitkommst. Wir können nicht vor zehn Uhr hingehen, wenn die Waschküche dichtgemacht wird. Dann ist es dunkel."

„Ich kann heute Abend nicht."

„Warum denn nicht?"

Sie war wirklich nervig. Myran seufzte. „Ich kann einfach nicht. Leider."

Dann legte sie auf. Sie hatte Linn die Enttäuschung wirklich angemerkt. Jetzt hoffte sie nur, dass die Freundin nicht so dumm war, allein in die Waschküche zu gehen.

Dann schaute sie wieder auf die Uhr. Fünf vor acht. Sie hatte vergessen, ihrem Vater den Tür-Code zu nennen, also ging sie hinunter, um ihn an der Haustür zu treffen.

Der Abend war warm und windstill. Sie sah sich auf dem Platz um, aber ihr Vater war nicht aufgetaucht. Eine Minute nach acht. Sie setzte sich auf die Treppe und wartete.

Fünfundvierzig Minuten später war er immer noch nicht gekommen.

Vielleicht ist was passiert, dachte sie. Der Zug hatte Verspätung. Oder falls er mit dem Wagen kam – vielleicht hatte er unterwegs eine Panne gehabt. Oder vielleicht war im letzten Moment etwas Wichtiges dazwischengekommen.

Oder vielleicht war sie ihm auch einfach egal.

Sie fühlte einen Knoten im Hals. Es wäre besser gewesen,

wenn er sich gar nicht gemeldet hätte. Viel besser. Verdammter Mist. Die ersten Tränen rannen ihr übers Gesicht. Sie wischte sie mit der Hand fort, zwang die anderen Tränen zurück, die hinausdrängten, und ging hinein.

Gerade als sie die Wohnungstür öffnete, klingelte das Telefon. Sie hatte gehofft, die Stimme ihres Vaters zu hören, wollte sie sagen hören, dass er sich verspätet habe, aber gleich bei ihr sei.

Es war Linn.

„Entschuldige, dass ich anrufe. Ich weiß, du hast anderes zu tun", plapperte sie, „aber ich wollte dich nur fragen, ob du ein Kreuz hast."

Myran schüttelte den Kopf. Sie war wirklich nervig. „Nein."

„Echt schade. Aber vielleicht reicht ja die Bibel. Du hast es dir nicht zufällig anders überlegt?"

„Nein."

„Bist du immer noch sauer auf mich?"

„Ich bin nicht sauer auf dich." Und das war sie auch nicht. Es war wohl kaum Linns Schuld, dass ihr Vater sie versetzt hatte. Sie versuchte ein bisschen freundlicher zu klingen. „Ich schau mal nach, ob Mama ein Kreuz hat. Warte."

Am Ende war es vielleicht doch besser, wenn sie mitging. Es behagte ihr nicht, dass Linn allein dorthin gehen wollte, auch wenn es sich nur um ein paar Minuten handelte. Wenn sie sich bereit erklärte, würde sie sich vielleicht in Zukunft Linns Genörgel nicht mehr anhören müssen. Sie ging ins Schlafzimmer ihrer Mutter und zog die oberste Schublade der Kommode auf. Armbänder, Ketten, eine Menge Kram. Und ganz hinten ein kleines, dünnes Silberkruzifix. Sie stopfte es sich in die Hosentasche.

„Ich hab eins gefunden. Wann sollen wir uns treffen?“

„Ich komme in einer Minute zu eurer Haustür. Hast du eigentlich erledigt, was du machen wolltest?“

„Daraus ist nichts geworden.“

Myran legte auf.

Ein paar Minuten später stand sie unten an der Haustür und hielt nach Linn Ausschau. Sie ärgerte sich bereits. Das hier war dumm. Gefährlich. Das Problem war, dass Linn nicht begriff, wie gefährlich es war. Sie hatte das Mädchen nicht gesehen. Hatte nicht die Angst gespürt, die das Mädchen ausgestrahlt hatte. Für Linn schien es nur ein Spiel zu sein, eine lustige Sache, so was in der Art.

Ein donnerndes Geräusch erregte ihre Aufmerksamkeit. Das Halbdunkel wurde von einem enormen Scheinwerfer erhellt, der sie mit seinem Lichtkegel einfing. Ein Motorrad drosselte seine Geschwindigkeit und kam nur wenige Meter vor ihr zum Stehen. Es war eine Harley Davidson.

Papa.

Er nahm den Helm ab und schüttelte den Kopf, sodass die langen, hellen Haare wie ein Mantel über seine Schultern fielen.

„Hallo, Kleine“, sagte er mit breitem Lächeln. „Tut mir

Leid, dass du warten musstest. Ich bin falsch gefahren. Hab mich in irgend so einer verdammten Schrebergartensiedlung verirrt. Das ist ja das reinste Kuhkaff hier. Hast du die ganze Zeit hier gestanden und auf mich gewartet?"
„Ich hab geglaubt, du kommst nicht mehr."
„Es tut mir wirklich Leid."
„Du hättest wenigstens anrufen können."
„Es hat länger gedauert, als ich dachte. Hast du jetzt was anderes vor?"
Im selben Augenblick sah sie Linn mit der Kameratasche in der Hand und dem Stativ auf der Schulter aus der Haustür kommen.
„Warte hier", sagte sie zu ihrem Vater.
„Hilfst du mir tragen?", fragte Linn und stellte die Tasche auf den Boden.
Myran holte tief Luft. Das würde jetzt nicht leicht werden. „Ich kann heute Abend doch nicht mitkommen."
„Warum denn nicht?"
„Mein Papa ist aufgetaucht." Sie nickte in seine Richtung.
Misstrauisch schaute Linn hinüber. „Ist das dein Vater?"
„Wir waren eigentlich früher verabredet, aber dann hat er sich verfahren und ist zu spät gekommen. Ich hab gedacht, er kommt gar nicht mehr, und deshalb hab ich dir gesagt, ich könnte doch mitkommen."
Sie merkte, dass Linn nicht zuhörte, sondern ihren Vater mit bewunderndem Ausdruck in den Augen betrachtete.
„Wenn mein Papa doch auch so cool aussehen würde."

Myran berührte sie am Arm. „Du bist doch nicht sauer auf mich, oder?"
„Du hättest mir sagen können, dass du dich mit deinem Papa treffen willst."
„Ich weiß, aber ich hab nicht geglaubt, dass er doch noch kommen würde, als ich mich mit dir verabredet habe."
Linn schaute sie lange und forschend an. „Weißt du was, Myran? Du bist ganz schön verschlossen."
Myran sagte nichts. Was hätte sie auch sagen sollen? Linn hatte ja Recht, sie hätte ihr von ihrem Vater erzählen sollen. Es war lächerlich gewesen, damit hinterm Berg zu halten.
Plötzlich merkte sie, dass ihr Vater winkte. Mit derselben Hand zeigte er dann auf sein Handgelenk. Auf seine Armbanduhr. Sie verstand. Er hatte nicht viel Zeit. Wenn sie sich nicht beeilte, würde ihr erstes Treffen nach beinahe einem Jahr kurz ausfallen. Viel zu kurz.
„Ich muss jetzt los, Linn. Es tut mir Leid."
„Schon okay."
„Versprich mir nur eins."
„Was denn?"
„Geh heute Abend nicht hin. Ich versprech dir, dass ich ein anderes Mal mitkomme. Vielleicht morgen."
„Sicher", murmelte Linn. „Morgen. Mach's gut."
„Linn."
„Was denn?"
„Ich hab meinen Papa irre lange nicht gesehen."
„Ich versteh schon. Ich hab das auch so gemeint, was ich

gesagt habe." Linn umarmte sie mit einem Arm. „Wir sehn uns." Sie hob die Kameratasche und ging ins Haus.
Myran blieb stehen, bis die Tür hinter Linn zugefallen war. Mach jetzt bloß keinen Scheiß, flehte sie leise. Das Treppenhauslicht ging aus, Myran eilte zu ihrem Vater zurück.
„War das eine Freundin?", fragte er.
Sie nickte. „Was wollen wir machen?"
„Ich bin hungrig. Was hältst du von McDonald's?"
„Prima."
„Setz den hier auf." Er reichte ihr seinen Helm. „Ich verspreche, dass ich vorsichtig fahre. Du hast doch keinen Schiss, oder?"
Myran drückte sich den Helm auf den Kopf und schloss den Kinnriemen. „Ich hab nie Schiss gehabt, Papa."
Vor langer Zeit, als sie noch eine Familie gewesen waren (vielleicht keine perfekte Familie, aber dennoch eine Familie), hatte ihr Vater sie immer auf eine Tour mit dem Motorrad mitgenommen.
„Wie wär's, wollen wir das Bike 'ne Runde lüften?", fragte er dann und brauchte auf die Antwort nicht zu warten. Mit Papa eine Tour zu machen war das Tollste, das sie kannte.
Mama mochte das überhaupt nicht. Tatsächlich hatte sie jedes Mal eine Heidenangst, wenn Papa Myran mit auf eine Tour nehmen wollte.
„Sie ist zu klein, Thomas. Stell dir nur vor, es passiert ein Unfall."

Dann sah ihr Vater immer gekränkt aus, als ob ihre Mutter ihn tief verletzt hätte. „Du glaubst doch wohl selbst nicht, dass ich vorhab, mit meiner eigenen Tochter einen Crash zu bauen, oder?"
Ihre Mutter hatte nicht besonders beruhigt ausgeschaut, aber sie konnte eben nichts tun, um ihn zu hindern.
Wenn sie hinter Papa auf dem Motorrad saß, die Arme um seine Taille geschlungen, und sie auf der Landstraße dahinsausten, war sie die glücklichste Elfjährige der Welt. Nach der Scheidung ihrer Eltern hatte sie bis zum letzten Sommer warten müssen, bis sie wieder mit ihrem Vater fahren durfte.
Eines Tages war er plötzlich vor dem Reihenhaus in Lillsätra aufgetaucht. Sie hatten sich eine Weile nicht gesehen, und als er fragte, ob sie nicht eine Runde mitfahren wollte, brauchte er nicht zweimal zu fragen. Ihre Mutter war nicht zu Hause gewesen, und wäre sie es gewesen, hätte Myran niemals mitfahren dürfen. Es war zu der Zeit, als ihre Eltern sich nur anschrien. Aber ihre Mutter war damals bei der Arbeit gewesen und konnte Myran nicht zurückhalten. Sie war zwar keine elf Jahre mehr, aber aus dem warmen, glücklichen Gefühl im Bauch war sie nicht herausgewachsen.
Es war eine lange Fahrt geworden. Länger, als Papa anfangs gesagt hatte („Wir fahren nur eine kurze Runde."). Für einen Moment hatte sie sich vorgestellt, er würde sie kidnappen und in ein fremdes, warmes Land entführen, wo sie den ganzen Tag lang in der gleißenden Sonne sit-

zen, eiskalte Drinks schlürfen und sich manchmal aufs Motorrad setzen und in die Berge fahren würden. Papa würde sie sogar fahren lassen. „Du bist jetzt ein großes Mädchen“, würde er sagen und ihr mit feierlicher Miene die Motorradschlüssel überreichen.

Vielleicht war es eine lächerliche Vorstellung, aber in der Nähe ihres Vaters fühlte sie sich auf eine Art und Weise frei, wie sie es mit ihrer Mutter nie empfand. Mit Mama gab es ständig Genörgel um Putzen, Schule und Hausaufgaben. Papa verkörperte den Traum von einem anderen Leben. Mama belegte ihn mit Wörtern, die man sonst nur über Kinder sagte: unreif, verantwortungslos. Sie sagte über ihn noch eine Masse anderer Sachen, aber immer nur, wenn sie glaubte, Myran höre nicht zu.

Von dem Unfall selbst wusste sie nicht mehr viel. Sie befuhren eine Straße, die direkt durch eine Siedlung mit Einfamilienhäusern führte, plötzlich schreckte ihr Vater zusammen, sie spürte, wie sich die Muskeln unter der Lederjacke anspannten, ein kreischendes, schrilles Geräusch, dann folgte Stille. Dunkelheit. Sie erwachte im Krankenhaus, in einem hellen Raum voll mit Apparaten und grün gekleideten Menschen. Ihr Körper fühlte sich bleischwer an, ihr war übel. Sie hatte furchtbare Kopfschmerzen. Der Schädel hämmerte und dröhnte, als ob jemand versuchte mit einem Rammbock das Stirnbein zu durchbrechen. Aber sie lebte.

Sie hatte unglaubliches Glück gehabt, wie sie später erfuhr. Zeugen hatten sie wie eine Kanonenkugel durch die

Luft fliegen und einige Meter vom Unfallort entfernt aufkommen sehen. In einer Hecke. (Wie man es sonst nur im Film sah, dachte sie.) Das Motorrad war nur noch Schrott gewesen, genau wie das Auto, mit dem Papa frontal zusammengestoßen war. Zum Glück war der Fahrer des Wagens ohne große Verletzungen davongekommen. Papa war die Alleinschuld an dem Unfall zugesprochen worden. „Ich hab das Auto nicht gesehen", hatte er Myran erklärt. „Plötzlich war es da."

Myran hatte er Leid getan, er hatte wirklich traurig ausgesehen. Und sie wusste ja, dass er nicht besonders schnell gefahren war, was er im Übrigen nie tat. Nein, sie gab ihrem Vater nicht die Schuld an dem Unfall. Es hätte jedem passieren können. Deshalb verstand sie auch nicht, warum er so lange gewartet hatte, ehe er sich wieder meldete. Glaubte er etwa, dass sie ihn für das, was passiert war, verurteilte? War es das schlechte Gewissen, das ihn daran gehindert hatte, den Hörer abzunehmen?

Manchmal, wenn sie völlig down war, hatte sie sich gefragt, ob es vielleicht an ihr läge und ob er sie nicht mehr liebte.

Papa ließ das Motorrad in die Auffahrt rollen, die zu dem bogenförmigen Schild des McDonald's-Restaurants führte. Während ihr Vater sich in die Reihe stellte, um zu bestellen, besetzte Myran einen Tisch.

Es dauerte eine Weile, ehe Papa mit ihrer Bestellung kam. Sie aßen schweigend, als ob sie beide so hungrig wären, dass sie sich nicht aufs Sprechen und Essen gleichzeitig konzentrieren könnten. In Wahrheit wartete Myran darauf, dass ihr Vater etwas sagen würde. Er war es gewesen, der angerufen und um ein Treffen gebeten hatte. Dann musste er ihr ja irgendetwas zu sagen haben. Heimlich studierte sie ihn. Sie fand, dass er älter aussah, die Falten unter den Augen waren tiefer geworden, und das Haar war am Scheitel dünner geworden. Er sollte sich diesen Bart abrasieren, dachte sie. Und zum Friseur gehen. Kurze Haare würden ihm viel besser stehen.

Er legte seinen halb aufgegessenen Hamburger beiseite und wischte sich den Schnurrbart ab. „Ich war gar nicht so hungrig", sagte er entschuldigend.

„Ich auch nicht."

Er nahm ein Päckchen *John Silver* ohne Filter heraus. Es war dieselbe Marke, die er geraucht hatte, als er noch zu Hause wohnte.

„Wie gefällt's dir in Skarpheden?", fragte er.

„Es ist okay."

„Ich wusste gar nicht, dass ihr umgezogen seid ... Ich hab bei Angela angerufen, und sie hat ..."

„Ich weiß, Papa."

„Ich hätte mich natürlich schon eher melden sollen ... Aber es ist so viel passiert." Er schüttelte den Kopf. „Ich hab mich verdammt mies gefühlt, ehrlich gesagt. Nach dem Unfall ... Du warst verletzt – ich hatte ein so unglaublich schlechtes Gewissen, musst du wissen, dann ist meine Firma den Bach runtergegangen, dann die Sache mit Anna, du weißt ja."

Myran nickte. Anna war Papas Freundin gewesen, seit ihre Eltern sich hatten scheiden lassen. Sie hatte Anna nur zweimal getroffen, das letzte Mal im Krankenhaus, als sie mit Papa zusammen gekommen war, um sie zu besuchen. Myran hatte sie gemocht, sie schien nett zu sein.

„Wir haben uns im Frühjahr getrennt. Es war ja ihre Wohnung, also musste ich ausziehen."

„Ich mochte sie", sagte Myran.

„Sie mochte dich auch." Er lächelte und fuhr fort: „Auf jeden Fall wohne ich jetzt bei einem Freund in Jakobsberg, aber nicht mehr lange. Ich hab eine Wohnung an der Hand, in Östermalm, und ich möchte gern, dass du mitkommst und bei mir wohnst."

Myran fühlte sich völlig überrumpelt. Sie brachte kein Wort heraus.

„Natürlich nur, wenn du willst", sagte er. „Ich versteh ja, wenn du sauer auf mich bist. Das versteh ich wirklich."

„Du hättest dich mal melden können", sagte sie.

„Ich weiß, und es tut mir wahnsinnig Leid. Aber ich wollte die Dinge erst wieder auf die Reihe bringen. Mit der Firma und der Wohnung ... du weißt schon, wieder auf die Füße kommen."

Sie versuchte ihn zu verstehen, das tat sie wirklich, aber die Zeit ohne Papa hatte eine Wunde bei ihr hinterlassen, und die verheilte nicht so einfach, bloß weil er wollte, dass alles wieder gut wurde.

„Du brauchst dich natürlich nicht jetzt zu entscheiden."

Und gleichzeitig wollte sie doch so gern, dass es wieder so werden würde wie früher, vor dem Unfall.
„Ich muss ja auch mit Mama reden. Es ist wichtig, dass wir uns alle einig sind."
Sie brauste auf: „Weder sie noch du bestimmen hier, was ich machen werde."
„Das hab ich doch auch nicht so gemeint. Tut mir Leid."
Sie starrte auf den Tisch. Warum lief immer alles verkehrt? Sie hatte sich doch so darauf gefreut, ihn zu treffen. Hätte sie nicht eigentlich glücklich sein sollen anstatt sauer, wo er sich endlich gemeldet hatte?
Aber es war nicht so einfach. Nichts war einfach.
„Wie lange ist das jetzt her, Myran? Ein Jahr, was?"
„Mm." In Wahrheit neun Monate und zwei Wochen. Sie hatte die Tage gezählt.
„Das ist eine lange Zeit."
„Mm."
„Ich glaub, ich hol mir Kaffee. Möchtest du auch was?"
„Kaffee."
Er kam schnell mit dem Kaffee zurück und mit einem Eis, das er für sie gekauft hatte. Sie aß es gemächlich, Papa rauchte und beobachtete sie. Jetzt ist es an dir, Myran, dachte sie. Was wirst du sagen?
„Wann kriegst du denn diese Wohnung?"
„Der Vertrag ist unterschrieben. Ich ziehe ein, sobald ich wieder nach Hause komme."
„Willst du weg?"

„Nach Deutschland. Geschäfte, ich fang bei einer neuen Firma an. Antiquitäten. Ich bin nur eine Woche weg."
Sie spürte seine Hand auf ihrer. Es war ein merkwürdiges, ungewohntes Gefühl.
„Ich muss jetzt los. Morgen fahre ich, aber wenn ich zurückkomme, reden wir weiter darüber, und dann fällt uns beiden vielleicht was Lustigeres ein als McDonald's." Er grinste.
„Klar ... gern."
„Ich geb dir meine Handynummer, damit du mich anrufen kannst, wann du willst."
Papa setzte sie vor der Haustür ab. Ehe sie sich trennten, nahm er sie in den Arm und sagte: „Noch eins. Du brauchst Mama ja nicht zu erzählen, dass ich mit dem Bike hier war. Du verstehst doch?"
Sie nickte. „Versteht sich von selbst."
„Warte noch." Er nahm ihre Hand und drückte etwas hinein. „Mach was Schönes damit." Er küsste sie auf die Wange. „Wir seh'n uns, Kleine."
Sie öffnete die Hand. Fünfhundert Kronen. „Papa!", rief sie.
„Was denn?"
„Lass dir die Haare schneiden, und rasier dich."
Er lachte. „Geht nicht. Einmal Biker, immer Biker."
Sie dachte an die Schlussszene in einem Film, als er in die Dunkelheit der Abenddämmerung davonglitt, die sich langsam über die Häuser senkte.

Mama war zu Hause. Sie hockte zusammengekauert auf dem Sofa und sah fern. Eine angebrochene Flasche Wein stand auf dem Couchtisch neben einem leer getrunkenen Glas. Zwischen ihren Fingern brannte eine Zigarette.
„Hallo, Mama."
Die Mutter warf ihr einen ausdruckslosen Blick zu. „War das sein Motorrad?"
„Hast du uns hinterherspioniert?"
Myran ließ sich im Sessel nieder, griff nach der Fernbedienung auf dem Tisch und schaltete auf MTV um.
„Dieses Geräusch vergisst man nie."
„Er ist supervorsichtig gefahren."
„Woher hat er bloß das Geld, sich ein neues Motorrad zu kaufen? Den Unterhalt hat er jedenfalls nicht mehr bezahlt seit ... tja, das ist Ewigkeiten her."
„Willst du nicht wissen, wie es gewesen ist?"
„Wie ist es gewesen?"
Danke, Mama. Das war doch gar nicht so schwer. „Gut. Papa hat eine neue Wohnung in der Stadt gefunden, und ich kann kommen und bei ihm wohnen, wann ich will."
Die Mutter sah Myran skeptisch an. „Papa hat sich eine Wohnung in der Stadt zugelegt?"
„Was ist dabei?"
„Und Anna?"
„Sie haben Schluss gemacht."
Die Mutter reckte sich nach der Weinflasche. „Ich fand sie nett."

„Papa ist es verdammt schlecht gegangen nach dem Unfall, und deswegen ..."
Die Mutter brach in schallendes Gelächter aus. *„Ihm* ist es also schlecht gegangen."
„Was ist los mit dir?"
„Vielleicht habe ich alles falsch in Erinnerung, Myran, aber bist nicht *du* es gewesen, die zwei Wochen mit gebrochenem Bein und Gehirnerschütterung im Krankenhaus gelegen hat?"
„Es ist nicht nur Papas Fehler gewesen. Dieses Auto ist zu schnell gefahren, er konnte es überhaupt nicht sehen."
„Konnte es überhaupt nicht sehen", rief ihre Mutter bitter. „Herrgott, nicht mal heute begreift er es."
„Begreift was?"
„Papa hätte überhaupt nicht mit dir wegfahren dürfen. Wäre ich zu Hause gewesen, wäre das niemals passiert."
„Ich wäre auch mitgefahren, wenn du zu Hause gewesen wärst."
Ihre Mutter goss sich noch mehr Wein ein. Einige Tropfen spritzten über den Glasrand und hinterließen Flecken auf dem Tischtuch. Sie kümmerte sich nicht darum, sondern zündete sich noch eine Zigarette an und lehnte sich im Sofa zurück.
Sie ist betrunken, dachte Myran. Es hat keinen Sinn, mit ihr zu reden. Sie erhob sich aus dem Sessel.
„Ich geh ins Bett."
„Myran."
Sie blieb in der Tür stehen. „Was denn?"

„Ich weiß, dass du deinen Vater liebst und ..."
Myran stieß einen Seufzer aus. „Was ist los, Mama?"
„Du solltest vielleicht einfach nicht zu hohe Erwartungen haben."
„Und ich habe geglaubt, du würdest glücklich sein, Mama. Das hab ich wirklich geglaubt."
Die Mutter wich ihrem Blick aus. Asche fiel von ihrer Zigarette auf den Teppich.
Myran verschwand in ihr Zimmer.

11

Noch eine Woche.

Neben den 14. Juli schrieb Myran in ihren Kalender: *Papa aus Deutschland zurück*. Heute war der siebte Juli. Sie hatte den Countdown schon gestartet. Ein eigenes Zimmer. Sie konnte bei ihm wohnen, so oft sie wollte. Es war fast zu schön, um wahr zu sein. Sie mochte es kaum glauben.

Sie hoffte nur, dass ihre Mutter sich nicht quer stellen würde. Doch nach dem, was gestern Abend passiert war, war sie sich da gar nicht so sicher. Noch nie zuvor hatte Myran sie auf diese Weise von ihrem Vater reden hören. Nach dem Unfall, in der Zeit, in der er sich fern gehalten hatte, hatte sie kaum einmal seinen Namen erwähnt, außer wenn Myran fragte, warum er nie anrief. „Ich weiß nicht, wo dein Papa steckt“, war alles, was sie gesagt hatte. Und als ob sie Myran angesehen hätte, wie wenig sie diese Antwort tröstete: „Aber er meldet sich bestimmt. Du weißt doch, dass er dich lieb hat.“

Sie hätte mit Mama gestern Abend darüber reden sollen. Schließlich mussten sie sich darüber einigen, wie es wer-

den würde, wenn sie zu ihrem Vater zog. Myran hatte sich auf jeden Fall entschieden. Und Mama würde sie nicht aufhalten können.
Sie fühlte in der Tasche nach dem Fünfhunderter, den sie von ihm bekommen hatte. Mach was Schönes damit, hatte er gesagt. Sie wusste genau, was sie machen wollte. Klamotten kaufen. Ihr Kleiderschrank glich allmählich einem Museum. Aber zuerst würde sie Linn anrufen und sie fragen, ob sie Lust hatte mitzukommen.
Sie ging in den Flur und rief an.
Es dauerte einige Klingelzeichen lang, bis sie abhob.
„Linn." Ihre Stimme klang heiser und kratzig, als ob sie sich erkältet hätte.
„Hier ist Myran. Du klingst schlecht."
Myran hörte nur Linns schweren Atem.
Sie hielt den Hörer näher an den Mund. „Linn, hörst du?"
„Kannst du herkommen?"
„Was ist los?"
Ein klickendes Geräusch. Besorgt lauschte Myran auf den Piepton.
„Linn? Hallo?"
Dann legte auch sie auf.
Eine Minute später war sie dort. Schon nach dem ersten Klingelzeichen rasselte das Schloss, die Tür glitt langsam auf, wurde aber von einer Sicherheitskette gestoppt. Ein Gesicht erschien im Türspalt.
Nach einem Moment der Verwirrung verstand Myran,

dass es Linn war. Ungeschminkt, die schwarzen Haare in alle Richtungen abstehend, war sie fast nicht wieder zu erkennen.
Auf eine unheimliche Art glich sie dem Mädchen in der Waschküche. Nicht nur, dass Linn ohne ihr Horrorfilm-Make-up jünger aussah, aus ihren Augen sprach dieselbe nackte Angst.
„Was ist denn passiert?“
„Komm rein.“ Linn hakte die Kette aus und schob die Tür auf.
Es war dunkel in Linns Zimmer. Die Gardinen waren zugezogen, es roch muffig nach abgestandener Luft. Linn kauerte sich aufs Bett und wickelte sich in die Decke, als ob sie fror.
„Kannst du dich nicht hierher zu mir setzen?“, fragte sie.
Myran setzte sich auf die Bettkante. „Linn, du musst mir erzählen, was passiert ist.“
„Bitte, halt mich fest.“
Sie rückte näher und legte die Arme um Linn. Es war, als ob sie ein Kaninchen in Todesangst im Arm hielt.
„Ich hab einen so grausamen Albtraum gehabt. Ich hab gedacht, ich muss sterben.“
„Erzähl.“
„Du wirst mir nicht glauben, Myran.“
„Warum sollte ich das nicht tun?“
„Versprich mir, dass du mir glaubst!“
„Ich versprech's. Erzähl jetzt.“
Linn zog sich die Decke wieder über die Schultern. Mit

dünner und angsterfüllter Stimme begann sie zu erzählen:
„Ich wandere durch einen großen, dunklen Wald. Ich bin ganz allein. Es ist, als ob ich weiß, wohin ich gehen muss, obwohl ich es eigentlich nicht weiß. Falls du verstehst, was ich meine. Nachdem ich eine Weile gelaufen bin, wird es heller, ich bin an einer Lichtung angekommen. Dort ist eine kleine Schonung, Birken sind es, glaube ich. Um die Stämme hat jemand ein Seil geknotet, wie eine Absperrung. Dahinter ist zwischen den Bäumen ein Feuerschein zu sehen.
Dann entdecke ich eine alte Frau. Sie sieht wie eine Hexe aus. Dürr und runzlig, mit langem weißen Haar. Sie lächelt mich an mit ihren schwarzen Zähnen. Ich hab auf dich gewartet, sagt sie. Dann nimmt sie ein Tuch hervor, eine Art Augenbinde, und bindet es mir um die Augen. Hab keine Angst, sagt sie. Du bist jetzt in der Hand der Götter. Dann nimmt sie mich bei den Armen und führt mich weiter. Ich kann überhaupt nichts sehen. Alles ist schwarz."
Linn verstummte und holte Luft. Ihre Augen glänzten in dem düsteren Licht. „Jedenfalls, nachdem wir eine Weile gelaufen sind, sagt die Alte zu mir, dass wir da sind. Ich sehe immer noch nichts. Irgendwo höre ich Vögel krächzen. Allmählich kriege ich Angst. Ich versuche mir die Augenbinde abzunehmen, aber es geht nicht. Meine Arme sind wie gelähmt. Und dann ..."
Ihre Finger krallten sich um Myrans Hand. Die Stimme

war nur noch ein Flüstern. „Jemand versucht mich zu erwürgen ... Wie ein Seil fühlt es sich an, es schneidet mir geradezu in den Hals. Ich versuche, dieses Seil oder was es ist, wegzureißen, aber es sitzt zu fest, ich krieg es nicht ab. Und genau in dem Moment, als ich denke, dass ich sterbe, löst sich das Seil. Dann wache ich auf. Ich schreie wie eine Verrückte und wecke Mama auf. Das war das Schrecklichste, was ich je erlebt habe. Ich dachte, ich muss sterben."

Myran hielt ihre Hand und sagte: „Es war nur ein Albtraum, Linn."

„Es war nicht nur ein Albtraum."

„Wie meinst du das?"

„Du wirst schon sehen."

Linn streckte den Hals und zog im selben Moment den Kragen ihres Shirts hinunter. Myran beugte sich vor.

Auf der weißen Haut war es deutlich zu sehen. Die geschwollene blaurote Linie, die unter dem Kinn verlief, von einem Ohr zum anderen.

Erschrocken schrie Myran: „Was hast du getan?"

Linn fing an zu weinen. Wie ein verzweifeltes Kind schluchzte sie: „Ich habe nichts getan. Du musst mir glauben, ich habe nichts getan!"

12

Linn nahm einen tiefen Schluck aus dem Wasserglas, das Myran ihr aus der Küche geholt hatte.
„Geht's jetzt besser?", fragte Myran.
Sie nickte stumm. Das Glas war leer, doch sie hielt es noch in der Hand.
„Du glaubst doch hoffentlich nicht, dass ich versucht habe, mir das Leben zu nehmen?", fragte sie.
„Ich weiß nicht, Linn", antwortete Myran aufrichtig. „Das da ..." Sie wusste nicht recht, wie sie dieses scheußliche blaue Mal an ihrem Hals nennen sollte. „... diese Narbe. Irgendwie musst du doch da dran gekommen sein."
Linn drehte das Glas zwischen den Händen. „Da ist noch was, was ich dir nicht erzählt habe."
„Was denn?"
„Ich war heute Nacht in der Waschküche."
Myran starrte sie an. „Du hast doch versprochen, nicht da hin zu gehen!"
„Ich bin nur da gewesen und hab die Kamera aufgestellt, dann bin ich direkt nach Hause gegangen. Ich hab mich

die ganze Nacht wach gehalten und gewartet, bis das Band zu Ende gelaufen sein musste. Gegen fünf bin ich zurückgegangen und hab die Kamera geholt. Aber es war nichts auf dem Band."

Ihre Augen glänzten vor Angst. „Glaubst du, da gibt es einen Zusammenhang? Zwischen meinem Traum und dem, wovor uns das Mädchen versucht hat zu warnen?"

Denselben Gedanken hatte auch Myran. „Hast du das ganze Band überprüft?"

„Es ist vier Stunden lang. Ich hab ziemlich viel auf Schnelldurchlauf gestellt."

„Vielleicht hast du was übersehen."

„Was denn zum Beispiel?"

Myran wusste es nicht. Vier Augen sehen mehr als zwei. „Kann ich das Band mit nach Hause nehmen?"

Linn hatte nicht allein sein wollen, also hatte Myran ihr den ganze Tag Gesellschaft geleistet, bis ihre Mutter von der Arbeit heimkam. „Sag ihr bloß nichts davon", hatte Linn gesagt und auf ihren Hals gezeigt. „Wenn sie das zu sehen kriegt, lande ich garantiert in der Kinderpsychiatrie. Es reicht schon, dass ich zum Psychologen gehen muss."

Zum Glück arbeitete Myrans Mutter an diesem Abend, sodass sie in Ruhe das Videoband anschauen konnte.

Sobald sie nach Hause gekommen war, steckte sie das Band in den Videorekorder. Es war nicht zurückgespult, also begann sie damit, auf „rewind" zu drücken.

Linn hatte die Kamera auf die hintere Wand im Trockenraum gerichtet, was im Übrigen derselbe Platz war, an dem sich das kleine Mädchen offenbart hatte. Es hing keine Wäsche auf den Leinen, die die Sicht beeinträchtigt hätte. Das einzige Licht kam von einer Kuppellampe, die ein gelbliches, kaltes Licht abgab. Die Digitaluhr am unteren Bildrand zeigte 22:20 Uhr.

Linns Atem war deutlich über das Mikrofon zu hören, das an die Kamera montiert war, andere Geräusche, wie das dumpfe Surren eines Ventilators, wurden vom empfindlichen Mikrofon aufgefangen. Linns Horrorschminkegesicht tauchte im Bild auf. Mehr denn je ähnelte sie Draculas Urenkelin, als sie mit todernster Miene in die Kamera starrte. „Seien Sie willkommen", flüsterte sie theatralisch. „Das, was Sie gleich zu sehen bekommen, scheint vielleicht unglaublich. Ja, vielleicht sogar unwirklich. Sie glauben vielleicht, dass dahinter ein Trick stecken muss. Das tut es aber nicht. Dafür kann ich persönlich garantieren." Sie machte eine Kunstpause, ehe sie fortfuhr: „Denn dieser Ort, eine gewöhnliche Waschküche in einem gewöhnlichen Mietshaus, wird von einem Gespenst heimgesucht. Genauer gesagt, vom unseligen Geist eines kleinen Mädchens. Wer dieses Mädchen ist, woher es kommt, wissen wir nicht. Aber sie ist hier, und bald werden wir sie treffen. Ich sage nur: Bitte schön. Der Film kann beginnen."

Linn verschwand aus dem Bild. Man hörte ihre Schritte den Raum verlassen. Weiter entfernt schlug eine Tür zu.

Zehn Minuten lang ließ Myran den Film laufen. Es war todlangweilig. Allmählich verstand sie, warum Linn es leid gewesen war und sich mit dem Schnelldurchlauf durch das Band gespult hatte. Nach weiteren ereignislosen Minuten folgte sie Linns Beispiel. Als an der Unterseite des Bildes 23:11 Uhr eingeblendet stand, drückte sie auf Play. Gelangweilt starrte sie auf die unveränderte grauweiße Betonwand. Sie spulte weiter. Ließ die Bilder eine ganze Weile laufen. Sie streckte sich auf dem Teppich vor dem Fernseher aus. Drückte auf Play. 23:57 Uhr. Weitere Minuten spielte das Band, zeigte die gleiche einförmige Szene. Myrans Daumen ruhte ungeduldig auf der Fast-Forward-Taste. Du hast wohl ein bisschen zu viel versprochen, Linn, dachte sie. Wenn wir diesen Film beim Fernsehen eingeschickt hätten, hätten sie uns ausgelacht.

Sie runzelte die Stirn. Reckte den Hals.

Da flimmerte etwas an der Wand auf. Etwas, das vorher nicht da gewesen war.

Sie spulte zurück und drückte auf Play. Hastig setzte sie sich auf und fokussierte den Blick.

Da sah sie es wieder. Dieses Flimmern.

Noch einmal spulte sie den Film zurück, während sie gleichzeitig laut die Sekunden zählte, dann bewegte sie den Finger zur Slow-Motion-Taste. Die Bilder stotterten ruckartig weiter, Sekunde für Sekunde. Als die Uhr bei 00:01:37 Uhr stand, fror sie das Bild ein.

Sie rückte näher an den Fernseher.

Das war kein Flimmern.
Vielmehr eine Art Inschrift. Ein Glühen lag um die Inschrift, als sei sie mit Feuer dorthin geschrieben. Aber sie konnte nicht lesen, was dort stand. Die Zeichen waren unverständlich, fremd.
Trotzdem kamen sie ihr irgendwie bekannt vor.
Sie hatte sie schon einmal gesehen.
Aber wo?
Sie drückte auf Play, und die Inschrift verschwand von der Wand.
Sie spulte im Schnelldurchlauf weiter, aber die mysteriöse Feuerschrift erschien kein weiteres Mal, und das Einzige, was geschah, war, dass das Band zu Ende war und der Fernseher zu rauschen begann.

13

Am Morgen rief sie Linn an. Eigentlich hatte sie vorgehabt, noch am gleichen Abend anzurufen und von der mysteriösen Feuerschrift zu berichten, die sie auf dem Band entdeckt hatte, doch dann hatte sie sich entschieden zu warten. Als sie sich früher am Abend verabschiedet hatten, hatte Linn so müde ausgesehen, dass Myran sicher gewesen war, sie würde einschlafen, sobald sie gegangen war. Wenn Linn schlief, wollte sie sie nicht wecken, auch wenn sie die starke Vermutung hatte, dass die Inschrift etwas mit Linns Albtraum zu tun hatte.

Eine lallende Stimme meldete sich am Telefon. Linn klang alles andere als ausgeschlafen.

„Wie geht's dir denn?“, fragte Myran.

„Beschissen.“

„Sollen wir uns treffen?“

„Ich brauche frische Luft.“

„Dann treffen wir uns unten im Hof.“

Die Sorgen, die sich Myran um Linn machte, nachdem sie den Hörer aufgelegt hatte, bestätigten sich, als sie sich eine halbe Stunde später vor ihrer Haustür trafen. Linn saß zusammengesunken auf der Treppe, die Hände in den Achselhöhlen vergraben und den Kopf gesenkt wie eine verkümmerte Pflanze. Sie hatte sich geschminkt wie gewöhnlich, doch den matten Glanz ihrer Augen konnte kein Make-up verbergen.

Myran ging zu ihr und nahm sie in den Arm. „Komm, wir gehen zu unserem Platz."

Obwohl es schwül und bedeckt war, hatten sich viele Menschen in der Badeanstalt eingefunden. Es war immer noch warm, und vielleicht hofften die Leute, dass die Wolken sich verziehen würden. Myran war nicht so optimistisch, sie glaubte, es würde Regen geben, vielleicht auch ein Gewitter.

Sie sah, wie Linn sich im Löwenzahn ausstreckte. „Du hast überhaupt nicht geschlafen, oder?"

„Ich hatte einen Albtraum. Danach hab ich mich nicht getraut wieder einzuschlafen."

„Was hast du geträumt?"

„Es war derselbe Traum, den ich vorgestern hatte."

„Derselbe Traum?"

„Exakt derselbe Traum. Ich gehe durch denselben dunklen Wald. Komme an dieselbe Lichtung. Da steht dieselbe alte Hexe und sagt genau dasselbe: Ich habe auf dich gewartet. Er hört auf dieselbe Weise auf. Obwohl eine Sache anders war: Als ich nicht länger dagegen ankämpfen konnte und glaubte, ich würde sterben, hörte ich die Stimme dieser Hexe: Es ist gut. Gib nach. Du kommst doch nicht davon. Und hätte Mama mich nicht geweckt, hätte ich es wahrscheinlich getan. Aufgegeben, meine ich."

Myran schauderte am ganzen Körper. „Du darfst nicht auf sie hören, Linn. Du musst unbedingt dagegen ankämpfen, sonst ..."

„Sonst werde ich sterben. Ist es das, was du meinst?"

Sie sahen einander an. Myran schüttelte den Kopf. „Du wirst nicht sterben, Linn."

„Aber ich muss doch schlafen. Oder was glaubst du? Früher oder später muss ich doch schlafen. Sonst fängt man an zu halluzinieren. Das hab ich gelesen. Kapierst du nicht?" Ihre Stimme überschlug sich. „Es ist wie ein Teufelskreis. Wenn ich wieder einschlafe, werde ich sterben. Aber wenn ich nicht schlafen kann, werde ich verrückt."

Der Kopf sank ihr auf die Brust, sie fing an zu weinen.

Myran berührte sie. „Ich könnte ja auf dich aufpassen, während du schläfst."

„Würdest du das tun? Ich könnte auf der Stelle einschlafen."

„Dann tu's einfach. Du kannst doch hier schlafen. Sobald ich merke, dass du unruhig schläfst, wecke ich dich auf."

Linn wischte eine Träne fort. Ihre Wangen zeigten Spuren von Mascara. „Versprich mir, dass du mich weckst."

„Ich versprech's."

Linn legte sich im hohen Gras zurecht und schloss die

Augen. Es sah aus, als sei sie eingeschlafen, doch plötzlich sagte sie: „Hast du auf dem Band was gesehen?"

Myran hatte nicht vorgehabt, etwas davon zu erzählen, weil sie Linn nicht beunruhigen wollte, doch andererseits konnte sie auch nicht lügen. Linn hatte ein Recht, es zu erfahren.

„Da waren ein paar merkwürdige Zeichen an der Wand."

„Merkwürdige Zeichen", wiederholte Linn.

„Es war eine Art Feuerschrift. Sie flammte irgendwie auf und verschwand im selben Augenblick. Das war verdammt schlecht zu sehen."

„Ich habe keine Zeichen gesehen."

„Du bist wohl zu müde gewesen, du hattest schließlich die ganze Nacht nicht geschlafen."

„Ein kleines Mädchen, das spukt. Feuerschrift an der Wand. Albträume. Und dann dieses Würgemal. Ich begreife gar nichts mehr."

„Ich auch nicht."

„Erzähl mir was."

„Was denn?"

„Egal was, damit ich nicht mehr an diesen Albtraum denken muss. Worüber hast du mit deinem Vater gesprochen? Du weißt schon, an dem Abend."

„Alles Mögliche."

„Aber es war etwas Wichtiges, oder?"

„Mm."

„Weißt du was, Myran? Du weißt praktisch alles über mich, aber ich weiß gar nichts über dich."

Du bist ganz schön verschlossen, Myran. Myran erinnerte sich an Linns Worte. Doch sie erinnerte sich auch daran, dass sie sich selbst versprochen hatte, Linn von ihrem Papa zu erzählen. Falls ihr Treffen zu Stande kam. Also ...

Myran begann zu erzählen. Von dem idiotischen Unfall. Von der Zeit ohne Papa. Von seinem Versprechen.

„Sobald er aus Deutschland zurückkommt, ziehe ich zu ihm. Mama kann sagen, was sie will. Du und ich, wir werden uns natürlich trotzdem sehen. Ich meine, ich hab ja vor, auch bei Mama zu wohnen."

Sie wartete darauf, dass Linn etwas erwidern würde. Aber Linn hörte nicht zu. Zusammengekauert wie ein kleines Kind war sie eingeschlafen und atmete vollkommen ruhig mit halb offenem Mund.

Eine Weile saß Myran da und betrachtete ihr Gesicht. Linn so friedvoll und ohne Angst schlafen zu sehen beruhigte sie und ließ sie trotz allem glauben, dass Linns Albtraum nur ein ungewöhnlich schlimmer Albtraum gewesen war.

Zwei Stunden ließ sie Linn schlafen. Dann hatte Myran keine andere Wahl, als sie zu wecken. Der Regen prasselte hernieder. Ein Strom halb bekleideter, durchnässter Menschen war gerade dabei, die Badeanstalt zu verlassen.

Verschlafen blinzelte Linn in den Regen, der durch das dichte Laubwerk der Eichen drang. „Shit, ich muss geschlafen haben wie ein Stein."

Ein paar Stunden Schlaf hatten bei Linn Wunder gewirkt.

Ihre Augen hatten ihren lebendigen Glanz zurückbekommen, und ihre Stimme klang frischer, nicht mehr so matt und träge.
„Sollen wir hier bleiben, bis es aufhört?“
„Es gibt ein Gewitter. Da könnte ein Blitz in die Bäume einschlagen. Wie geht es dir überhaupt?“
Linn lächelte breit. „Verdammt gut. Ich habe überhaupt nichts geträumt.“
Sie rannten durch den Platzregen nach Hause. Vor Myrans Haustür blieben sie stehen.
„Sollen wir morgen was zusammen machen?“, fragte Linn.
„Wir fahren in die Stadt“, sagte Myran. „Wir könnten Kaffee trinken gehen und danach vielleicht ins Kino. Ich lade dich ein.“
Linn strahlte. „Klar, von mir aus gerne.“
Sie umarmten sich, tschüss, wir sehen uns morgen, und dann spurtete Linn zu ihrem Hauseingang. Myran rannte die drei Treppen zur Wohnung hinauf und schlüpfte, sowie sie in ihr Zimmer kam, aus den durchnässten Kleidern.
Es regnete den ganzen Abend.

14

„Myran. Myran. Myran."

Eine flüsternde Stimme. Woher kommt sie? Sie starrt in die Dunkelheit. Der Wind hat das Fenster aufgeweht, die hellen Gardinen flattern wie Gespenster. Draußen stürzt der Regen herab.

„Myran. Myran. Myran!"

Sie sieht niemanden im Zimmer. Sie setzt die Füße auf den Boden. Er fühlt sich unter ihren nackten Fußsohlen eiskalt an. Sie friert. Sie greift nach einem Bettlaken und schlingt es um sich. Dann geht sie zum Fenster. Dort bleibt sie stehen und greift nach den Fensterflügeln, um sie zuzumachen. Mitten in der Bewegung hält sie inne.

„Myran. Myran. Myran!"

Es klingt, als käme die Stimme von draußen. Besser gesagt von unten.

Sie lehnt sich hinaus und spürt, wie ihr der Regen ins Gesicht schlägt. Ein riesenhafter Mond scheint mit einem weißen, künstlichen Licht.

Im Hof steht jemand.

Linn.

Sie ist barfuß und mit einer Art weißem Leinennachthemd bekleidet. Ein Leuchten liegt auf ihrem Gesicht, als ob der Mond nur auf sie schiene. Sie gleicht einem Engel. Einer Göttin. Sie hebt den Arm und winkt. Dann wendet sie ihr den Rücken zu und geht fort. Doch es sieht merkwürdig aus, sie bewegt sich viel zu leicht, als ob ihre Füße den Asphalt nicht richtig berührten. Sie schwebt. Zum Park. Zu dem großen Stein. Dann ist sie fort.

Hellwach setzte sie sich im Bett auf.
Ein gellendes, durchdringendes Geräusch hatte sie geweckt.
Es klang wie Sirenen.
Mit einem Unheil verheißenden Gefühl im Bauch stieg sie aus dem Bett und stellte sich ans Fenster. Es regnete noch immer. Der Asphalt glänzte. Sie drückte die Nase an die Scheibe und ließ den Blick über den Hof und den Park wandern. Kein Mensch war zu sehen, in den Läden war es dunkel.
Andere Sirenen mischten sich zu den ersten, und die verschiedenen Töne durchschnitten einander wie ungestimmte Streichinstrumente.
Und sie schienen näher zu kommen.
Sie zog Hosen an und ein T-Shirt und ging ins Wohnzimmer. Dort öffnete sie die Balkontür. Auf die Lautstärke und Intensität der Sirenen, die ihr draußen entgegenschlugen, war sie überhaupt nicht gefasst.
Auch nicht auf das, was sie zu sehen bekam.

Dicht gefolgt von einem Polizeifahrzeug kam ein Rettungswagen auf den Hof gefahren. Das rotierende Blaulicht färbte den regennassen Asphalt blau und violett. Myran lehnte sich über das Balkongitter.
Sie waren vor Linns Hauseingang stehen geblieben.
Die rückwärtigen Türen des Rettungswagens waren geöffnet worden, und ein Sanitäter in orangem Overall zog eine Trage heraus. Die Trage vor sich her schiebend eilte er durch die Haustür, die ihm einer der Polizisten aufhielt. Ein anderer Sanitäter rannte ihm mit einer großen Tasche in der Hand hinterher.
„Was ist passiert?"
Zerzaust und schlaftrunken stand Myrans Mutter in der Balkontür.
Myran starrte sie an. Doch es war nicht Mama, die sie sah.
Sondern Linn.
Lieber Gott, sag, dass das nicht wahr ist!
„Myran?"
Es darf nicht wahr sein!
Hastig drängte sie sich an ihrer Mutter vorbei. Sie rannte in den Flur, wo sie die Füße in ihre Schuhe steckte und die Wohnungstür aufriss.
„Was hast du vor, Myran? Myran!"
Ihre Mutter versuchte sie zu packen, doch sie riss sich einfach los. Als die Mutter ein weiteres Mal nach ihr rief, war sie schon auf dem Weg die Treppe hinunter.
Der Regen prasselte. Ihre Füße kamen in den Pfützen ins

Rutschen. Sie fiel, kam aber schnell wieder auf die Beine. Die Haustür stand noch offen, sie rannte direkt in den hell erleuchteten Treppenaufgang und stürzte mit großen Sprüngen die Treppe hinauf. Ein Polizist hielt vor Linns Wohnung Wache.

„Was ist passiert?“, schrie sie.

Breit und Respekt einflößend baute er sich vor der Tür auf. „Immer mit der Ruhe.“

„Meine Freundin wohnt hier. Linn Borgström. Ich will wissen, was passiert ist!“

Der Polizist streckte seine langen Arme aus, versuchte sie aufzuhalten. „Ganz ruhig jetzt!“, sagte er im Befehlston.

„Ich bin ruhig, du blöder Idiot!“

Ein gequälter Schrei war aus dem Innern der Wohnung zu hören. Es klang nicht wie Linn. Oder überhaupt wie ein Mensch. Myran bebte am ganzen Körper. Lieber Gott, sag, dass Linn nicht tot ist.

Der Schrei verstummte abrupt, als sei er mitten durchgetrennt worden. Dann war hinter der geschlossenen Wohnungstür nichts mehr zu hören.

Vor Schreck wie gelähmt blickte Myran den Polizisten an. Ihre Stimme wurde zu einem heiseren, flehenden Flüstern. „Bitte, sagen Sie mir, was passiert ist.“

Er seufzte schwer und schaute sich gleichzeitig um, als ob er sicher gehen wollte, dass niemand zuhörte. „Ein junges Mädchen in deinem Alter. Sie ist tot. Das ist alles, was ich weiß.“

„A-aber, wie ist sie denn gestorben?“

Vielleicht hatte er eingesehen, dass er sie nicht loswerden würde, ehe er ihr alles erzählt hatte, was er wusste. Nach einem Moment des Zögerns antwortete er: „Es scheint Selbstmord gewesen zu sein."
„Myran."
Sie drehte sich um.
Mama.

Sie reichte Myran einen Becher mit Tee und streichelte ihr über die Wange.
„Ich hab dir eine halbe Beruhigungstablette hineingetan, also wird es dir gleich besser gehen."
Myran fand nicht, dass sie irgendwelche Beruhigungsmittel brauchte. Sie war ruhig. Eigenartig ruhig. Das muss wohl der Schock sein, dachte sie. Es kann nicht normal sein, sich so ruhig zu fühlen, wenn man gerade erfahren hat, dass die Freundin tot ist. Doch sie fühlte sich durchgefroren und brauchte etwas zum Aufwärmen, also hob sie den Becher an die Lippen und trank. Der Tee war heiß und schmeckte nach Minze.
„Ich brauch jetzt selbst was zur Beruhigung." Ihre Mutter ging in die Küche und holte eine Flasche Wein. Sie füllte ein Glas bis zum Rand und ließ sich auf dem Sofa neben Myran nieder.
„Möchtest du, dass ich dich in den Arm nehme?", fragte sie.
Myran nickte. Das wollte sie gerne. Ihre Mutter zog sie an sich und begann ihr sanft den Kopf zu streicheln. Bald

lag sie auf ihrem Schoß mit der warmen, weichen Hand auf der Stirn. Es war lange her, dass sie sich so nahe gewesen waren. Das letzte Mal musste in der Nacht nach dem Unfall gewesen sein.

„Sollten wir nicht versuchen, ein bisschen zu schlafen? Du könntest heute Nacht bei mir schlafen."

„Ich will mich noch nicht hinlegen. Ich bin nicht so müde."

„Willst du, dass ich bei dir sitzen bleibe?"

„Ich möchte einfach allein sein."

Ihre Mutter nickte. „Okay. Du kannst ja später rüberkommen, wenn du willst." Sie trank ein wenig Wein und stand auf. „Bis morgen."

Als die Mutter in ihr Zimmer gegangen war, kauerte sich Myran in die Sofaecke und zog sich die Decke über die Schultern. Sie gähnte. Die Lider wurden schwer. Arme und Beine wurden langsam taub.

Das Letzte, was sie auf dem Weg in den Schlaf hörte, war der grauenvolle Schrei, der aus Linns Wohnung gedrungen war.

15

Sie wunderte sich, wie lange sie geschlafen hatte. Draußen war es hell, aber bedeckt und grau. Es nieselte.

Sie fror. Obwohl sie in die dicke Decke eingewickelt dalag, fror sie. Ich muss eine heiße Dusche nehmen, dachte sie und stolperte zum Badezimmer.

Das Wasser war so heiß, dass sie sich beinahe verbrühte. Trotzdem fühlte sie sich hinterher genauso verfroren. Bekleidet mit Mamas kuscheligem Bademantel und ein Frotteehandtuch wie einen Turban um den Kopf gewickelt, ging sie in die Küche. Ihre Mutter saß am Küchentisch, trank Kaffee und blätterte in der *Dagens Nyheter*. Das Radio war angeschaltet und spielte irgendwelche nichts sagenden Schlager.

„Hallo, Myran. Wie fühlst du dich?"

„Geht so." Sie nahm auf der anderen Seite des Tisches Platz. Der Tisch war mit geröstetem Weißbrot, Apfelsinenmarmelade und frisch gebrühtem Kaffee gedeckt. Die Mutter schenkte ihr eine Tasse Kaffee ein, aber Myran wollte kein Brot. Sie hatte keinen Appetit.

Plötzlich spürte sie die Hand ihrer Mutter auf ihrer. Verwundert erwiderte sie ihren Blick.
„Was ist los?"
„Geht es dir wirklich gut? Du wirkst ..."
„Mir geht es super." Myran zog die Hand weg. „Linn ist tot, es könnte nicht besser sein."
„Myran."
„Ist doch klar, dass es mir nicht gut geht! Ich ..."
Die Tasse entglitt ihrer Hand, heißer Kaffee schwappte über den Morgenrock ihrer Mutter und auf den Boden. Sie begann zu zittern und konnte die Hände nicht stillhalten. Obwohl ihre Mutter herbeigeeilt war und sie in den Arm genommen hatte, konnte sie nicht aufhören zu zittern. Es fühlte sich furchtbar an, als sei sie von einer unheilbaren Nervenkrankheit befallen. Dann brach alles aus ihr heraus. Die Mutter wiegte sie in den Armen, als sei Myran wieder drei Jahre alt und hätte sich beim Spielen verletzt.
„Es war meine Schuld", schluchzte Myran. „Ich hätte bei ihr sein sollen. Ich hätte auf sie aufpassen sollen."
Wenig später lag sie zugedeckt in ihrem Bett. Sie weinte nicht mehr, hatte es schon eine Weile nicht mehr getan. Die Mutter saß auf der Bettkante und hielt ihre Hand.
„Myran?", fragte sie sanft.
„Mm."
„Was hast du damit gemeint, dass es dein Fehler war?"
„Was denn?"
Myran wusste, was ihre Mutter versuchte zu sagen, aber

sie konnte es ihr nicht erzählen. Wie sollte das auch gehen, wenn sie selbst nicht wusste, was passiert war?

„Nichts."

"Bist du sicher?"

Myran nickte. „Mm."

Sie schlief etwa eine Stunde.

„Myran."

Sie schlug die Augen auf. Ihre Mutter saß auf der Bettkante.

„Bist du wach?"

„Was ist denn?"

„Die Polizei ist hier. Sie möchten mit dir sprechen. Glaubst du, du schaffst das?"

Es waren zwei Polizisten. Ein älterer und ein jüngerer. Der jüngere war ungefähr so alt wie ihr Vater, zwischen fünfunddreißig und vierzig, hatte kurze Haare und trug einen Anzug. Der ältere sah aus wie ihr Großvater. Groß und weißhaarig mit ausgeprägten Schatten unter den Augen.

Nachdem sich die Männer vorgestellt hatten, setzten sie sich alle vier an den Küchentisch. Myrans Mutter hatte sie gefragt, ob sie Kaffee wollten, aber beide hatten dankend abgelehnt. Sie meinten, es würde nicht so viel Zeit in Anspruch nehmen. Es waren Routinefragen. Der ältere Polizist leitete die Befragung. Wie lange kannte sie Linn? Einen Monat ungefähr. Wann hatten sie sich zuletzt gesehen? Gestern Nachmittag. Sie waren im *Bergatorps-Bad* gewesen. Wie hatte sie gewirkt? Sie hatte sich nicht besonders wohl gefühlt. Hatte Albträume gehabt. Hatte nachts schlecht geschlafen. Doch als sie sich verabschiedet hatten, wirkte sie schon viel munterer.

Der ältere Polizeibeamte legte die großen, runzligen Hände auf den Tisch und sah sie scharf an. „Wusstest du, dass Linn vor ein paar Jahren versucht hat, sich das Leben zu nehmen?"

„Mm. Sie hat davon erzählt."

„Und dass sie seitdem in psychiatrischer Behandlung war?"

„Linn hat mir alles erzählt."

„Wovon handelten diese Albträume?"

Es war der Jüngere, der die Frage stellte.

„Es waren eben einfach Albträume."

„Willst du ...?"

Der ältere Polizist unterbrach ihn. „Wir sind jetzt wohl fertig. Danke, dass du unsere Fragen beantwortet hast. Vielleicht melden wir uns später noch einmal, aber ich glaube nicht, dass das notwendig sein wird."

Die Männer erhoben sich. Der Jüngere war gereizt und hatte eine Falte zwischen den Augen. Er mochte es offenbar gar nicht, dass er unterbrochen worden war. Gerade als sie zur Tür hinausgehen wollten, rief Myran ihnen nach.

Der Ältere wandte sich um. Er lächelte freundlich. „Was ist denn?"

„Wie ist sie eigentlich gestorben?"

Das Lächeln erstarb auf seinen Lippen. „Ich dachte, du wüsstest das.“
„Ich weiß nur, dass es Selbstmord war.“
Der Polizist sah Myran und ihre Mutter an und sagte mit leiser Stimme: „Sie hat sich erhängt.“

STOCKHOLM
9.7.2000
14:14 Uhr

16

Irgendwo im Raum spielte das Handy seine nervtötende Melodie. Das Problem war nur, dass sie keine blasse Ahnung hatte, wo sie das verfluchte Ding hingelegt hatte. Schimpfend löste sie die Bremsen des Rollstuhls und versuchte nach Gehör das Signal zu orten.

Sie rollte zum Couchtisch, der mit Papieren und Büchern übersät war. Ihre Hände suchten vergeblich in dem Durcheinander. Sie verstand das nicht. Das Signal war hier am lautesten zu hören, und trotzdem fand sie das Telefon nicht. Sie fluchte und wendete den Rollstuhl um eine halbe Drehung, um ans Sofa zu gelangen. Ein schweres, antikes Teil, das sie von ihrem Großvater geerbt hatte und das sich in einem hoffnungslosen Zustand befand, weil es dringend einen neuen Bezug brauchte. Der grüne Samtstoff war voll von Kaffeeflecken und an einigen Stellen so zerschlissen, dass die Füllung herausquoll. Da entdeckte sie es. Eingekeilt zwischen zwei Kissen. Obwohl das Telefon kaum etwas wog, war es für sie eine mittlere Kraftanstrengung, es ans Ohr zu heben und die Antworttaste zu drücken. „Ja“, sagte sie.

„Hallo, hier ist Anders Engman."
Es war lange her, dass er das letzte Mal angerufen hatte. Sie hoffte, dass er nicht aus demselben Grund anrief wie das letzte Mal. Sie wusste, dass sie das vergebens hoffte. Warum sonst sollte er sich melden?
„Geht es um Skarpheden?"
„Natürlich. Du wolltest doch, dass ich mit dir Kontakt aufnehme, falls etwas geschieht."
Anders Engman war Kriminalreporter bei *Dagens Nyheter* und betreute Stockholm und seine Vororte. Sie kannte ihn als einen hervorragenden Journalisten, der es in seiner Karriere weit gebracht hatte, seit sie bei der großen Tageszeitung Kollegen gewesen waren. Doch die Krankheit hatte sie gezwungen, die Arbeit vorzeitig zu beenden, und sie war nun von seinen Kontakten innerhalb der Polizei vollkommen abhängig.
„Erzähl."
„Ein junges Mädchen. Erst vierzehn Jahre alt. Linn Borgström. Hat in der Nacht zu Montag in der eigenen Wohnung Selbstmord begangen."
Sie konnte das Telefon kaum halten, so sehr zitterte ihre Hand. „Wie ist das Mädchen gestorben?"
„Sie hat sich erhängt. Offenbar mit einem Halstuch, das sie an einem Lampenhaken an der Decke festgeknotet hatte. Hätte sie ein paar Kilo mehr gewogen, hätte sich der Haken aus seiner Halterung gelöst."
Die Frau schloss die Augen. „Ist die Polizei sich absolut sicher, dass es Selbstmord war?"

„Die technische Untersuchung hat nichts anderes ergeben, als dass das Mädchen von eigener Hand gestorben ist. Es gibt auch keine Hinweise auf einen Einbruch. Einer Freundin zufolge litt Linn in den Tagen vor dem Selbstmord an schweren Schlafstörungen. Ich habe mit dem Vater des Mädchens gesprochen. Die Familie ist erst vor kurzem nach Skarpheden gezogen. Früher haben sie in Västerås gewohnt. Letztes Jahr hat das Mädchen schon einmal versucht sich das Leben zu nehmen, wie der Vater sagte, aus Liebeskummer. Sie ging einmal in der Woche zum Psychologen. Allem Anschein nach hat das nicht viel geholfen." Der Journalist machte eine Pause. „Das war alles."

„Danke für deine Hilfe, Anders."

„Glaubst du, da besteht ein Zusammenhang?"

„Ich weiß nicht."

Sie verabschiedete sich und blieb dann eine ganze Weile sitzen und starrte ins Leere.

Ein junges Mädchen. Selbstmord durch Erhängen. Skarpheden.

Man konnte die Augen nicht länger davor verschließen.

ZWEITER TEIL

1

Am dritten Tag nach Linns Tod hörte es auf zu regnen. Aber die Sonne ließ sich noch immer nicht blicken. Der Himmel war weiterhin wolkenverhangen, und Pfützen bedeckten noch immer den Boden.

Myran war in diesen Tagen zu Hause geblieben, die meiste Zeit hatte sie in ihrem Zimmer zugebracht. Sie hatte viel geweint. Trotzdem fühlte sie sich, als ob sie immer weiter weinen könnte. Sie und Linn hatten sich gerade angefreundet, und sie wären sicher die besten Freundinnen geworden, wenn Linn hätte leben dürfen. Warum musste sie sterben? Es war so grausam, so ungerecht. Oft hatte sie an den Nachmittag gedacht, an dem Linn und sie sich draußen vor ihrer Haustür verabschiedet hatten. Wenn sie doch Linn nur nicht allein gelassen, sondern sie nach Hause begleitet und bei ihr übernachtet hätte, dann hätte sie sie vielleicht retten können.

Sie fühlte sich, als hätte sie Linn im Stich gelassen. Als hätte sie viel mehr tun können.

In diesen Tagen hatte sie versucht zu begreifen, was geschehen war. Ihre Mutter hatte erzählt, dass die Polizei

Linns Tod als Selbstmord abgeschrieben hatte. Sie hatte gar nichts erklären müssen, es war Myran sofort klar, wie die Polizei ihre Schlussfolgerungen gezogen hatte. Sie hörte förmlich die Stimmen der beiden Polizisten: „Es war nicht das erste Mal. Das Mädchen hat schon mal versucht, sich das Leben zu nehmen. War sie nicht auch bei einem Psychologen in Behandlung? Die Sache scheint doch klar zu sein, finde ich."
Für Myran war die Sache alles andere als klar. An diesem letzten Nachmittag hatte Linn wieder viel munterer ausgesehen. Sie hatten sich verabredet, in die Stadt zu fahren, wollten Kaffee trinken und vielleicht ins Kino gehen. Sie erinnerte sich, wie froh Linn gewesen war. Wie sie sie angestrahlt hatte. Zwölf Stunden später hatten ihre Eltern sie tot aufgefunden.
Selbstmord?
Niemals.
Linn wollte leben an diesem Tag. Nicht sterben.
„Aber hast du Linn wirklich so gut gekannt, dass du dir da sicher sein kannst?", hatte ihre Mutter sie gefragt.
Sie war sicher. Es waren ja auch noch andere Dinge passiert, von denen sie ihrer Mutter nichts erzählt hatte, weil sie wusste, dass sie ihr nicht glauben würde. Zumindest würde sie nicht verstehen, dass diese Dinge etwas mit Linns Tod zu tun haben könnten. Sie begriff es ja nicht einmal selbst. Sie dachte an das Mädchen in der Waschküche. An Linns Albtraum. An die Schrift aus Feuer an der Wand. Es waren Teile desselben Puzzles. Sie

musste nur herausfinden, wie sie ineinander passten. Das war sie Linn schuldig.
Sie stellte sich ans Fenster. Eine Gruppe älterer Leute war auf dem Weg in den Park, vermutlich wollten sie sich den großen Stein anschauen.
Myran beschloss hinauszugehen.
Als sie über den Platz ging, sah sie, dass die Rentnergruppe sich um den Stein versammelt hatte, wo sie einem jüngeren Mann mit Brille und Ziegenbart zuhörten, der etwas über die Runen berichtete, die in den Stein geritzt waren. Seine kräftige und klare Stimme erreichte auch Myran. „Man glaubte, dass die Runen von den Göttern stammten. Der Mythologie nach war es Odin, der Kriegs- und Todesgott, der die Menschen die Runenkunst lehrte. Odin seinerseits holte die Runen aus dem Reich des Todes, in das er gelangt war, nachdem er neun Tage und neun Nächte in der Esche Yggdrasil gehangen hatte. Er opferte sich also selbst, um die Runen zu erlangen. Rune bedeutet nämlich Geheimnis oder geheime Weisheit. Die Runen wurden folglich zum Zwecke der Magie verwendet, wie wir es hier auf dem Runenstein lesen können."
Er machte eine Pause und beobachtete sein Publikum. „Hat jemand eine Frage?"
Eine Stimme aus dem Pulk ließ Myran innehalten.
„Was bedeutet denn dieser Zauberspruch eigentlich?"
„Tja, darüber können wir nur spekulieren. Aber man kann davon ausgehen, dass die Runen dieselbe Funktion

hatten wie heutzutage unsere Warnschilder. Sie waren dazu da, die Leute davon abzuhalten, den Platz zu betreten."

Eine andere Stimme wurde in der Gruppe laut. „Unbefugte haben keinen Zutritt. Zuwiderhandlung wird mit dem Fluch der Götter bestraft."

Vereinzeltes Lachen war zu hören.

Der Runensteinexperte lächelte höflich. „Ungefähr so."

Myran näherte sich der Gruppe. Weitere Fragen wurden gestellt, keine, die sie interessierten. Dann sprach der Runensteinexperte einige abschließende Worte, ehe die Rentnergruppe plaudernd den Park verließ.

Ein Kiesweg führte zu dem großen Stein. Myran folgte ihm bis zum Ende. So nah war sie dem Stein noch nie gewesen. Er war viel größer, als sie ihn sich vorgestellt hatte. Die rotbraun gefärbte Inschrift verlief in vier Zeilen über die Mitte des Steins. Neben dem Stein war ein Schild, auf welchem erklärt wurde, was die Inschrift bedeutete.

Der Stein von Skarpheden.
Runenstein aus dem Ende des 7. Jahrhunderts. Er trägt eine Inschrift, so genannte galder (Zauberformeln) auf beiden Seiten, die im Ganzen lauten:

Unheilbringende Weissagung.
Das Geheimnis der mächtigen Runen
habe ich hier verborgen,

kraftvolle Runen.
Geplagt vom Bösen soll der sein,
der diesen vi (heiligen Ort) verletzt.
Ich prophezeie Verderben.

Sie sah sich die Runen, die in den Stein geritzt waren, noch einmal an.
Und wusste, wem sie glichen.

2

Sie holte die Videokassette, die Linn aufgenommen hatte, hinter den Büchern im Regal hervor, schob sie in den Videorekorder und drückte auf die Fernbedienung. Mit dem Schnelldurchlauf spulte sie bis zu der Sequenz, in der die mysteriöse Feuerschrift auftauchte. 00:01:37. Die Zeit hatte sie sich eingeprägt. Mit der Pause-Taste fror sie das Bild ein. Es war ziemlich unscharf, aber Myran war sicher. Die Zeichen waren Runen, die gleiche Art Zeichen, die vor mehr als tausend Jahren in den großen Stein geritzt worden waren. Sie versuchte sich daran zu erinnern, was auf dem Stein gestanden hatte. Irgendwas mit geheimnisvolle Runen verberge ich hier ... Geplagt vom Bösen soll der sein, der verletzt diesen ... Vi? Ve? – heiliger Platz bedeutete es auf jeden Fall.

Ich muss über diesen Stein mehr in Erfahrung bringen, dachte sie.

Sie hatte Glück. Dem Schild an der Glastür nach hatte die Bibliothek zwischen dem 12.7. und dem 18.8 geschlossen. Heute war der elfte Juli. Sie stieß die Tür auf, lief eine kleine Treppe hinauf und ging dann auf direktem Weg

zum Ausleihe-Tresen in der Mitte des hellen Raumes. Hinter einem Bildschirm saß eine grauhaarige Frau und arbeitete die Tagesernte der zurückgebrachten Bücher ab.
„Hallo“, sagte Myran. „Ich hab da eine Frage.“
Die Frau sah vom Bildschirm auf. „Wie kann ich dir helfen?“
„Haben Sie Bücher über Runensteine?“
„Aber sicher. Denkst du da an ein spezielles Buch?“
„Nee, aber wenn es ein Buch über den Stein gibt, der hier auf dem Platz steht, wär das gut.“
„Ich will mal sehen, was wir haben.“ Sie suchte mit dem Computer. Es ging nicht besonders schnell.
„Runen. Runensteine. Lass mich mal sehen. *Unsere rätselhaften Runeninschriften. Runenlesebuch. Runen. Runenritzungen – von der Eisenzeit bis zum Mittelalter.*“ Sie leierte noch eine Anzahl Titel herunter.
Myrans Geduld ging zur Neige.
„Das erste Buch, das sie genannt haben. Ist das da?“
„Ich seh mal nach.“ Sie machte einen Mouseklick, und es vergingen weitere endlose Minuten, ehe die Angaben auf dem Bildschirm erschienen. „Da haben wir es. Mal sehen. Ja, da. Es ist vorrätig. Es steht unter ‚Archäologie‘. Du kannst auch im Internet suchen, aber dafür müsstest du erst dieses Formular ausfüllen …“
Dazu hatte sie keine Zeit.
„Wo finde ich das Buch?“
Die Bibliothekarin erklärte Myran, wo sie das richtige Regal fand. Sie dankte für die Hilfe. Das Buch fand sie so-

fort. Sie ging weiter zum Lesesaal, wo ein älterer Mann saß und mit dem *Svenska Dagbladet* knisterte. Auf dem Farbfoto auf dem Buchumschlag war ein weißer, vierkantiger Stein abgebildet, der mit Runen bedeckt war. *Der Stein von Rök* wurde er genannt und war weltberühmt wegen seiner umfassenden und schwer zu übersetzenden Inschrift.

Sie blätterte weiter, bis sie ein Bild vom *Stein von Skarpheden* entdeckte. Am Umfeld erkannte sie, dass das Foto aufgenommen worden war, bevor das Wohngebiet entstanden war. Es wuchsen keine grünenden Birken rings herum, keine ockergelben Hausfassaden waren im Hintergrund zu sehen. Grau und moosbedeckt erhob sich der Stein zwischen knorrigen Bäumen und Buschgestrüpp. Der Text lautete:

Zwei Meilen südwestlich von Stockholm in der Kommune Huddinge liegt der kleine Ort Skarpheden. Es handelt sich um eine alte Siedlung, die eine Kleingartenkolonie umfasst, eine Anzahl Bauernhöfe und Katen. Im Herzen des großen Waldes, der Skarpheden umgibt, finden wir eine bemerkenswerte Hinterlassenschaft aus vergangenen Zeiten: den so genannten Stein von Skarpheden. *Er ist vor allem aus einem Grund bekannt: wegen seiner bedrohlichen Bann-Inschrift, die der Betrachter auf dem Granitblock erblickt.*

Der Runenstein war den Behörden bis 1991 unbekannt, als er von der Journalistin und Runenkundlerin Mette Solvang entdeckt wurde. Es geschah während ihrer Arbeit an einem

Buch über Runensteine, als sie durch Zufall auf ein in Vergessenheit geratenes Dokument aus den 80er Jahren des 19. Jahrhunderts stieß. In dem Dokument wird ein seltsamer und sehr alter Stein erwähnt, der in den Wäldern von Skarpheden verborgen steht. Von der Bevölkerung dieser Gegend wurde er Teufelsstein *genannt, ein Name, unter dem er lange Zeit bekannt war. Man glaubte, der Stein sei Versammlungspunkt für Hexen, Geisterwesen und allerhand Trollgestalten gewesen.*

Doch eine der bemerkenswertesten und langlebigsten Geschichten, die von dem Platz, auf dem der Stein von Skarpheden *steht, erzählt wird, ist die Geschichte eines kleinen Mädchens.*

An einem dunklen und trüben Oktoberabend vor ungefähr einhundert Jahren war der Stallknecht Axel Persson auf dem Heimweg durch den Wald. In der Dunkelheit des Herbstabends verirrte er sich und fand sich plötzlich dem mächtigen Stein gegenüber, von dem er so viele schaurige Geschichten gehört hatte. Als er umkehren wollte, entdeckte er ein kleines Mädchen, das sich ganz in der Nähe hinter einem Baum versteckte. Persson zufolge sah es „einfach vollkommen verschreckt aus". Und er fügte hinzu: „Das will ich gerne zugeben, Angst hatte auch ich." Einen kurzen Moment hatte das Mädchen dort gestanden und ihn mit seinen „blauen, erschrockenen Augen" angeschaut, bis es plötzlich verschwunden war. „Als sei sie vom Erdboden verschluckt worden." Später hatte Axel Persson von einem alten Mann erfahren, der in dieser Gegend wohnte, dass „das Mädchen schon immer dort stand“. Worauf er hinzufügte: „Niemand weiß, wer sie ist.“

Wie es sich nun auch mit dem Wahrheitsgehalt dieser Geschichte verhalten mag, so wirft sie doch Licht auf eine Frage: Warum der Skarphedenstein so lange unberührt dastehen konnte. In alten Zeiten war das Gebiet um den Stein ein Ort der Furcht, und das kleine Mädchen mit den ängstlichen Augen trug mit Sicherheit dazu bei, die üblen Gerüchte um Skarpheden zu unterstreichen.

Aber warum war der Runenstein an dieser Stelle aufgestellt worden?

Forscher nehmen an, dass die Umgebung um den Stein von Skarpheden *heilig war (ein so genannter vi) und vermutlich als Kultplatz diente, an dem man die alten Götter anbetete und ihnen Opfer darbrachte. Der Runenstein war errichtet worden, um den heiligen Platz zu markieren, aber auch zum Schutz gegen eventuelle Eindringlinge. Sollte jemand den Platz wider jede Vermutung entweihen, würden die magischen Kräfte der verborgenen Runen freigesetzt und den Unglücklichen mit einem Fluch belegen.*

Da dies geschrieben wird, 1994, plant die Kommune Huddinge, ein Wohngebiet in Skarpheden zu bauen. Welche Folgen dies für den Stein von Skarpheden *und seine Umgebung haben wird, kann nicht vorhergesagt werden. Doch wäre ich in der Kommunalverwaltung oder der leitende Bauingenieur, würde ich es mir dreimal überlegen, den Spaten in den Boden zu stechen.*

Man kann nie wissen.

Dort endete das Kapitel.
Sie ging zur Ausleihe zurück und fragte nach einem Telefonbuch. Dann schlug sie den Stockholmer Teil auf. Den Namen Solvang gab es nur einmal in Stockholm.
M. Solvang, Brahegatan 36. Journalistin.
Sie tippte die Nummer in ihr Handy und wartete. Nach dreimaligem Läuten schaltete sich ein Anrufbeantworter ein. Die Stimme klang tief und heiser und offenbarte einen leichten Akzent.
„Hallo, Sie haben bei Mette angerufen. Ich bin gerade nicht zu Hause, aber Sie können gerne versuchen, mich über mein Handy zu erreichen. Die Nummer lautet ..."
Myran hatte keinen Stift und versuchte sich die Nummer zu merken.
„Bis dann", schloss Mette Solvang ihre Mitteilung.
Myran tippte die neue Nummer ein, und nach zwei Klingelzeichen antwortete dieselbe heisere Stimme, die sie auf dem Anrufbeantworter gehört hatte. „Hier ist Mette."
„Hallo, ich heiße Mirjam Andersson, und ich würde Ihnen gern einige Fragen über einen Runenstein stellen, der *Stein von Skarpheden* genannt wird." Sie hasste sich selbst dafür, dass sie ihren richtigen Namen benutzt hatte, sah aber ein, dass Mirjam besser klang als Myran, wenn sie einen seriösen Eindruck machen wollte.
„Warum willst du etwas darüber wissen?", brummelte die Frau.
Sie klang nicht besonders sympathisch. Myran wurde nervös, wusste nicht so recht, wie sie fortfahren sollte.

„Ich ... arbeite gerade an einem Aufsatz für die Schule über ... Runeninschriften.“

„Hast du nicht Ferien?“

„Es ist ... eine freiwillige Arbeit ... Ich gehe aufs Gymnasium ... Schwerpunkt humanistische Fächer, und hab in Geschichte eine Fünf ... Ich muss meine Note verbessern, um ins nächste Schuljahr versetzt zu werden.“

„Aber es gibt Bibliotheken und das Internet. Da kannst du sicher Informationen über den *Stein von Skarpheden* finden.“

„Ich habe gerade ein Buch darüber gelesen, aber ich muss mehr wissen.“ Sie verstummte. Es lief nicht so gut. Die Frau schien nicht besonders scharf darauf zu sein, ihre Fragen zu beantworten. Sie nahm einen neuen Anlauf. Angriff ist die beste Verteidigung. „Könnten wir uns nicht vielleicht treffen?“

„Nein. Aber ich will dir einen guten Rat geben: Schreib lieber über einen anderen Runenstein.“

„Warum denn?“

Mette Solvang hatte aufgelegt.

Myrans erster Impuls war, die Frau noch einmal anzurufen. Aber sie hatte eine bessere Idee. Sie hatte die Adresse. Sie wusste nicht so ganz genau, wo die Brahegatan lag, aber das konnte sie auf der Karte im Telefonbuch nachsehen.

Sie borgte sich noch einmal das Telefonbuch von der Ausleihe und eilte zur Bushaltestelle.

Zehn Minuten später war sie auf dem Weg.

3

An der U-Bahn-Station am Stadion stieg sie aus und folgte dem Schild, das zum Ausgang Richtung Karlavägen wies. Als sie hinaufkam ans Licht und in den rauschenden Verkehr, bog sie nach rechts ab und lief den Karlavägen entlang, bis sie an der Hausfassade das Straßenschild der Brahegaten entdeckte. Neben einem Fotolabor fand sie die Nummer sechsunddreißig. Die Haustür war nicht abgeschlossen, und im Treppenaufgang verriet ihr ein Namensschild, dass M. Solvang im dritten Stock wohnte. Sie nahm den Fahrstuhl. Weil sie nicht wusste, ob die Frau zu Hause war, war sie darauf gefasst, umsonst hergefahren zu sein. In dem Fall würde sie wiederkommen. Sie dachte nicht daran, aufzugeben, ehe sie nicht Antwort auf ihre Fragen bekommen hatte. Zweimal drückte sie auf die Türklingel. Es klapperte im Schloss, und Myran machte rasch einen Schritt zurück.

Erst war sie überrascht, weil die Frau, die sich in der Tür zeigte, überhaupt nicht so aussah, wie sie sie sich vorgestellt hatte. Dann schämte sie sich, weil sie ihre Überraschung nicht hatte verbergen können.

Mette Solvang saß im Rollstuhl.
Sie hatte große, dunkle Augen und dichtes silbergraues Haar, das ihr bis auf die schmalen Schultern reichte. Ihre Haut war glatt und glänzend, als hätte sie ihre Falten künstlich geglättet. Das viel zu große T-Shirt hing an ihr wie ein sackartiges Kleidungsstück. Mit misstrauisch blinzelnden Augen und einer Hand am Türgriff sah sie aus, als bräuchte sie keinen besonderen Grund, um Myran die Tür vor der Nase zuzuschlagen. Ihre Stimme hatte denselben abweisenden Tonfall, den Myran noch von ihrem Anruf in Erinnerung hatte.
„Was willst du?"
„Ich bin es gewesen, die vorhin angerufen hat."
„Aha. Ich kriege täglich eine Menge Anrufe."
„Ich arbeite gerade an einem Schulaufsatz über den *Stein von Skarpheden*."
Der schwarze Augenbrauenstrich bewegte sich aufwärts.
„Du bist ja ganz schön hartnäckig. Es tut mir Leid, aber ich hab keine Zeit mich mit dir zu unterhalten."
Sie hatte die Türklinke nicht losgelassen und zog die Tür nun zu sich heran. Schnell griff Myran nach dem Griff an der Außenseite der Tür und hielt dagegen. Sie war nicht bis in die Stadt gefahren, nur um an der Schwelle zur Wohnung der Frau aufgehalten zu werden.
Myran gewann das Tauziehen. Die Frau hatte nicht die Kraft gegenzuhalten. Stattdessen begann sie zu schreien.
„Lass die Tür los!", rief sie, sodass Myran es mit der Angst bekam. „Hast du gehört? Lass die Tür los!"

Wenn sie noch einmal schreit, rufen die Nachbarn bestimmt die Polizei, dachte Myran.
Sie ließ die Tür los. Die Frau griff erneut nach der Türklinke, während sie gleichzeitig in den Flur zurücksetzte.
Gerade als sie die Tür zuschlagen wollte, sagte Myran: „Warum haben Sie gesagt, dass ich mich von dem Stein fern halten soll? Können Sie mir nicht wenigstens darauf eine Antwort geben?"
Die Frau ließ einen Spalt zwischen Tür und Zarge offen. „Warum um Himmels willen bist du so an diesem Stein interessiert? Ich begreif das nicht."
„Ich wohne in Skarpheden. Deswegen."
Gesichtsausdruck und Tonfall der Frau änderten sich mit einem Schlag. „Du wohnst dort?"
„Mitten auf dem heiligen Platz."
„Herrgott", murmelte sie.
„Ich muss mit Ihnen reden. Es ist superwichtig."
„Du arbeitest an gar keinem Aufsatz, richtig?"
„Nein, das hab ich erfunden."
Als die Frau auf ihrer Seite die Klinke losließ, wusste Myran, dass sie eintreten durfte.
Myran wurde ins Wohnzimmer gebeten. Die Wände waren bedeckt mit Bücherregalen und großen Ölgemälden, die Gesichter von Menschen mit verschwommenen Gesichtszügen darstellten. Vor dem Fenster stand ein Schreibtisch mit einem Computer. Der Bildschirmschoner zeigte den Runenstein, den Myran schon vom Umschlag von *Unsere geheimnisvollen Runeninschriften* kann-

te. Den berühmten *Stein von Rök*. Ein Fernseher stand in eine Ecke gequetscht da. Myran schenkte der Tatsache, dass ein Videorekorder daran angeschlossen war, besondere Aufmerksamkeit.

Sie setzte sich auf ein giftgrünes Samtsofa, den einzigen Sitzplatz im Zimmer.

„Möchtest du etwas zu trinken haben? Ich habe Kaffee da. Oder willst du lieber was Erfrischendes?“

„Nicht nötig“, sagte Myran.

Mette rollte zum Couchtisch und griff nach einem Wasserglas, in dem ein gebogener Trinkhalm steckte. Das Glas wackelte, als sie es zum Mund hob.

„Brauchen Sie Hilfe?“, fragte Myran.

„Wenn ich jedes Mal, wenn ich durstig bin, um Hilfe bitten würde, wäre ich schon lange an Austrocknung gestorben. Das geht schon. Und: Sag ‚du‘ zu mir.“

Schließlich gelang es ihr, den Trinkhalm zwischen die Lippen zu führen. Ein schlürfendes Geräusch war zu hören. Als sie das Glas halb geleert hatte, ließ sie es vorsichtig auf die Knie sinken. Sie sah Myran an. „Weißt du, was MS ist?“

„Das ist wohl eine Krankheit?“

„Eine neurologische Krankheit“, sagte Metta. „Nerven sind wie Stromleitungen, verstehst du. Werden sie unterbrochen, kann kein Strom fließen, Nervenimpulse also, und dann hören die meisten Sachen im Körper auf zu funktionieren. Man könnte sagen, dass wir MS-Kranke an wiederkehrendem Stromausfall leiden. Bei den meisten reparieren sich die Nervenbahnen von selbst, aber leider hält das Flickwerk nicht immer, und dann wird man wieder krank. Man nennt das ‚einen Schub bekommen'. Manche erleiden nur schwache Schübe, andere viel stärkere."

„Bist du lange krank gewesen?"

„Habe meinen ersten Schub zweiundneunzig bekommen. Vor acht Jahren also. Eines Tages bin ich aufgewacht und kam nicht mehr aus dem Bett. Warum willst du mit mir über Skarpheden sprechen?"

Myran steckte die Hand in den Rucksack und holte die Videokassette heraus. „Funktioniert der Videorekorder?", fragte sie.

„Ich hab ihn vor langer Zeit gekauft, bin aber nie dahinter gekommen, wie er funktioniert." Sie zog die Stirn kraus. „Warum fragst du?"

„Ich möchte dir gern etwas zeigen."

Die Frau zuckte die Schultern. „Wenn du das Gerät ans Laufen kriegst."

Zu Hause war Myran für die technischen Angelegenheiten zuständig, denn ihre Mutter hatte weder die Geduld noch die Lust herauszufinden, wie die technischen Apparate funktionierten. (Das war unter anderem der Grund, warum sie sich weigerte, einen Computer zu kaufen.) Es war keine größere Sache, Mettes Videogerät anzuschließen, denn es lag eine Gebrauchsanweisung bei, und wenn es eins gab, was Myran gelernt hatte, dann war es die Kunst, Gebrauchsanweisungen zu lesen.

Mette Solvang sah aus, als sehe sie einem Zaubertrick zu, als das Bild von dem leeren Trockenraum über den Bildschirm flimmerte.

„Das ist die Waschküche des Hauses, in dem ich wohne. Vor ein paar Tagen hat eine Freundin von mir das hier gefilmt."

Sie spulte das Band vor. Drückte auf Pause. Mette setzte ihre Lesebrille auf, die an einer Schnur um ihren Hals hing. Sie schob den Rollstuhl näher an den Fernseher. Auf dem Fernsehschirm glühten die eigentümlichen Zeichen.

„Ist das irgendeine Art Trickfilm?"

Myran schüttelte den Kopf. „Das ist echt."

„Sehr merkwürdig."

„Das sind Runen, oder?"

„Irgendwie sehen sie wie Runen aus."

„Weißt du, was sie bedeuten?"

Mette blickte Myran scharf an. „Was soll das hier eigentlich? Ist das etwa ein Scherz?"

Myran drückte auf Stopp und nahm die Kassette heraus. Sie begegnete den Blicken der Frau. „Das ist kein Scherz."

„Was ist es dann?"

„Ich erzähl es dir."

Mette Solvang nahm die Brille ab und nickte. „Sei so lieb und tu das."

Myran begann mit dem kleinen Mädchen.

4

Als sie fertig war, saß Mette eine lange Weile schweigend wie in sich selbst versunken da. Myran rutschte nervös hin und her. Wenn diese Frau ihr nicht glaubte, wer sollte es dann tun? Dann gab es niemand anderen, an den sie sich wenden konnte. Mette war ihre einzige Hoffnung, um herauszufinden, wie Linn gestorben war.

„Ich wusste bereits von Linns Tod." Mette sah Myran an.

„Wirklich?"

„Vor vier Jahren fanden archäologische Ausgrabungen in der Umgebung des Runensteins statt. Das war im Sommer, bevor man anfing, das neue Skarpheden aufzubauen. Während der Ausgrabungsarbeiten erhängte sich eine junge Frau. Sie war Archäologiestudentin und erst achtzehn Jahre alt. Ein Kommilitone des Mädchens, ein junger Mann, der ebenfalls an den Ausgrabungen teilnahm, erzählte mir, dass er einige Tage vor ihrem Selbstmord scheußliche blaue Flecke an ihrem Hals bemerkte. Da erzählte ihm das Mädchen, dass sie einen grauenvollen Albtraum gehabt habe. Am Morgen hatte sie dann diese Male an ihrem Hals entdeckt."

„War es derselbe Traum, den Linn gehabt hat?“, fragte Myran.
„Exakt derselbe.“
„Aber woher wusstest du, dass sie tot ist? Es stand nicht in der Zeitung. Jedenfalls nicht in *Dagens Nyheter*.“
„Als man begann, Skarpheden zu erbauen, starb ein junger Mann, der bei einem Schreiner als Praktikant gearbeitet hatte. Siebzehn Jahre war er erst alt. Ich kenne einen Journalisten bei *Dagens Nyherter*. Früher, bevor ich krank wurde, habe ich selbst dort gearbeitet. Er hat mir vom Selbstmord des Jungen erzählt. Schon als das Mädchen gestorben war, ahnte ich, dass mehr hinter diesem Fluch steckte als nur Aberglaube. Deshalb habe ich meinen ehemaligen Kollegen gebeten, mich anzurufen, falls er von weiteren Selbstmordfällen hören sollte, die in Verbindung mit Skarpheden stehen. Er rief mich an, als deine Freundin starb.“
Es war still im Raum. Drei sind gestorben, dachte Myran. Auf dieselbe Weise. Am selben Ort. Und alle waren jung, keiner älter als zwanzig.
Sie sah Mette an.
„Warum sind nur junge Leute gestorben?“
„Es sind immer junge Menschen, die geopfert werden. So ist es zu aller Zeit gewesen.“
Myran war nicht sicher, dass sie verstand, was Mette eigentlich meinte. Waren in Skarpheden noch mehr Kinder gestorben? Lange vor ihrer Zeit?
Mette begann zu erklären: „Bei Ausgrabungen fand man

ein Massengrab, welches verbrannte Knochenreste von Kindern und Jugendlichen enthielt. Das Grab wurde in etwa dieselbe Zeit datiert wie der Runenstein selbst, also in die zweite Hälfte des siebten Jahrhunderts. Wir können natürlich nicht mit Sicherheit sagen, wie diese jungen Menschen gestorben sind, doch die Tatsache, dass Skarpheden ein sehr alter Kultplatz ist, lässt einige mehr oder minder gesicherte Schlussfolgerungen zu.

An diesem Ort vollzog man vermutlich Riten, ja, Opferzeremonien. Zu der Zeit glaubten die Menschen, dass die Göttermächte über ihr Leben und ihr Schicksal herrschten, und daher war es wichtig, sich gut mit ihnen zu stellen. Größtenteils opferte man Tiere, Nahrungsmittel und Getränke. Doch wenn die Zeiten besonders schwer waren und die Bevölkerung von Krieg, Missernten oder anderen Unglücken heimgesucht wurde, konnte das kostbarere Opfer erfordern. Und was kann kostbarer sein als ein Sohn oder eine Tochter?"

„Haben die etwa ihre eigenen Kinder geopfert?", fragte Myran zweifelnd.

„Es wird in der *Gutasaga*, die vom altertümlichen Gotland handelt, so berichtet, dass die Gotländer ihre Söhne und Töchter opferten, ihr Vieh samt Nahrung und Bier. Das ganze Land hatte einen gemeinsamen höchsten Opferritus mit Menschen, wie es heißt.

Von Menschenopfern wird auch in einem berühmten Augenzeugenbericht vom Ende der Wikingerzeit erzählt. Im Alten Uppsala feierte man in jedem neunten Jahr ein großes Opferfest, zu dem sich Menschen aus dem ganzen Land versammelten. Das Fest dauerte neun Tage, und jeden Tag opferte man außer Tieren einen Menschen, der, nachdem man ihn hatte ausbluten lassen, in einem Opferhain aufgehängt wurde."

„Linn hat sich erhängt. Wie die anderen."

„Ich glaube nicht, dass es ein Zufall ist, dass sie auf diese Weise starben."

„Du meinst, dass sie geopfert wurden? Genau wie die Kinder, die man in diesem Grab gefunden hat?"

Mette nickte schweigend.

„Das kleine Mädchen muss eine von ihnen gewesen sein", sagte Myran mehr zu sich selbst als zu Mette. „Sie ist auch geopfert worden. Jetzt begreife ich, warum sie so verängstigt aussah."

Irgendwo im Raum ertönte plötzlich eine Melodie. Mette lächelte entschuldigend. „Einen Augenblick."

Unter einem Stapel Papier grub sie ihr Handy aus. Das Gespräch dauerte eine Minute, dann wandte sie sich an Myran. „Ich muss weg."

„Wir treffen uns doch wieder?"

„Heute Abend werde ich die Runen auf dem Band entschlüsseln. Sobald ich damit fertig bin, melde ich mich bei dir. Kannst du mir deine Telefonnummer geben?"

Myran schrieb ihre Handynummer und die Nummer von zu Hause auf die Rückseite eines Kassenzettels und legte ihn Mette in die Hand.

„Wissen deine Eltern hiervon?"

„Nein. Ich weiß, dass sie mir glauben würden."
Papa vielleicht, dachte sie, aber Mama definitiv nicht.
„Bis auf weiteres ist es wohl das Beste, wenn das hier unter uns bleibt."
Einige Minuten später klingelte es an der Tür. „Das muss der Fahrdienst sein."
Im Flur streckte sich die Frau nach ihrem Mantel. Ihr Arm zitterte heftig, aber sie wollte Myrans Hilfe nicht annehmen. Mit angestrengter Miene hob sie den Mantel vom Haken.
„Mette", sagte Myran. „Dieses kleine Mädchen. Weißt du, ob außer mir noch andere sie gesehen haben? Zu späterer Zeit, meine ich."
Die Türglocke surrte wieder, und Mette sagte: „Ich habe sie gesehen. Bist du so lieb und machst auf?"

5

Schon am nächsten Tag rief Mette Solvang an.
Myran war allein zu Hause und eilte zum Telefon.
„Ich möchte dich gerne treffen. Kannst du in einer halben Stunde hier sein?"
Eine halbe Stunde. Es würde Myran mindestens eine Stunde kosten, nur bis in die Stadt zu kommen.
„Entschuldige", sagte die Frau, „ich bin hier in Skarpheden. Am Runenstein."
„Wir sehen uns in einer Viertelstunde", antwortete Myran.
Als sie aufgelegt hatte, fragte sie sich, was Mette wohl in Skarpheden machte.

Myran fand sie im Park vor dem großen Stein. Mit einem abwesenden Gesichtsausdruck betrachtete sie die Inschrift und schien gar nicht zu bemerken, dass sich Myran ihr mit knirschenden Schritten auf dem Kiesweg näherte. Erst als Myran ihren Namen sagte, wandte sie sich um. Sie lächelte sanft. „Grüß dich."
„Sitzt du schon lange hier?"

„Eine Weile." Sie wandte den Blick auf den Steinblock. „Als ich den Runenstein vor beinahe zehn Jahren fand, gab es hier nur Wald. Es gab nicht einmal einen Pfad, der hierher führte. Ein alter Mann, der hier in der Gegend wohnte, hatte mir erzählt, wo sich der Runenstein befindet. Er hatte hier als Kind oft gespielt. Er zeichnete mir eine Karte auf, die mir aber keine besonders große Hilfe war. Für einen Moment dachte ich, ich hätte mich verirrt, und ich war drauf und dran, aufzugeben. Doch dann stand er einfach da. Es war wie eine Offenbarung. Glaubst du an das Schicksal?"
„Ich weiß nicht", antwortete Myran.
„Hätte ich meine Wasserflasche nicht weggeworfen, sodass sie auf den Stein traf, hätte ich ihn niemals entdeckt. Dann wäre ich umgekehrt und zurückgegangen. Früher oder später wäre er natürlich gefunden worden, spätestens als man mit dem Bau von Skarpheden begann. Aber ich habe mir so manches Mal gewünscht, dass nicht ich es gewesen wäre, die ihn fand. Verstehst du, was ich meine?"
Myran glaubte es zu verstehen. Mette empfand Schuld.
„Du konntest doch nicht wissen ..."
„Der alte Mann hat mich gewarnt. Aber ich habe ihn nicht ernst genommen. Nicht einmal als ich das kleine Mädchen getroffen habe, wollte ich es wahrhaben. Ich redete mir selbst ein, dass es eine optische Täuschung gewesen sei. Die Sonne stand tief und blendete mich, außerdem war ich schon weit gelaufen und müde."

Myran ließ sich neben Mette auf einer Bank nieder.
„Wie viel weißt du über Runen?“, fragte Mette.
„Nicht viel“, gab Myran zu.
„Dann werde ich dir ein bisschen was erklären. Ein wenig vereinfacht kann man sagen, dass es zwei Arten von Runen gibt. Die erzählenden und die magischen. Man glaubte, die Runen kämen von den Göttern und besäßen deswegen magische Kräfte. Mit Hilfe der Runen suchte man Hilfe und Linderung von Krankheiten, Glück im Streit und in der Liebe. Man benutzte sie, um seinen Feinden zu schaden, aber auch zum Schutz gegen Zauberei.“
Sie hob den Blick zum Stein und las die erste Strophe: *„Das Geheimnis der mächtigen Runen habe ich hier verborgen,* schreibt unser unbekannter Runenmeister. Was meint er eigentlich damit?“
Sie sah Myran an, die natürlich keine Ahnung hatte.
„Der Runenmeister spricht von verborgenen Runen, das bedeutet, Runen, die mit bloßem Auge nicht zu sehen sind, im Gegensatz zu den Runen, die er in den Stein geritzt hat. Diese Ich-Person, also der Runenmeister, hat an diesem Ort ein magisches Runenritual durchgeführt. Ich vermute, dass er die magischen Runen in ein Stück Holz geritzt und sie dann über offenem Feuer abgeschabt hat. Wie du dich sicher erinnerst, glühte die Inschrift auf dem Videoband.“
Myran nickte. „Wenn wir in dieser Nacht nicht gefilmt hätten, hätten wir die Runen nicht gesehen“, sagte sie.

„Die Feuerschrift war eine Widerspiegelung der magischen Runen, die einmal an diesem Ort eingeritzt und verbrannt worden sind."

„Was bedeuten diese magischen Runen denn?"

„Ich werde es dir zeigen." Mette wickelte ein kleines Stück Papier aus und gab es Myran. Es waren dieselben Zeichen, die Myran auf dem Band gesehen hatte, niedergeschrieben in Mettes zittriger Handschrift.

„Jede Rune hat einen eigenen Namen", fuhr Mette fort, „das machte es den Menschen vermutlich leichter, die Zeichen zu lernen. Die Namen symbolisierten auch mächtige, magische Kräfte. Wenn man zum Beispiel im Kampf Siege erlangen wollte, musste man eine gewisse Anzahl von t-Runen ritzen. Der Name der t-Runen lautet *tiwaR* – das bedeutet Tyr und ist der Name eines Kriegsgottes, der übrigens auch dem Dienstag seinen Namen gegeben hat. Während man die Runen ritzte, musste man gleichzeitig eine Beschwörung sprechen, ähnlich dieser, die hier in den Stein geritzt ist."

Myran starrte auf den Zettel. „Wofür stehen diese Runen?"

„In der ersten Reihe steht, wie du siehst, die n-Rune dreimal geschrieben. Ihr Name ist *naudhiR,* und sie bedeutet Not. Danach folgt in der zweiten Reihe der Name der th-Rune. *ThurisaR,* sie bedeutet Troll, Riese. Auch sie wurde dreimal geschrieben. Diese zwei Runen sind starke magische Symbole, die vor allem in der schwarzen Magie Verwendung fanden. Nun ja, in der letzten Reihe folgt die m-Rune. *Mannar*, was für Menschen steht. Neunmal wird sie wiederholt."

„Warum gerade drei und neun?"

„Die Drei ist genau wie die Neun eine klassische magische Zahl. Neun war die Anzahl der Menschen, die bei den großen Opferfesten im Alten Uppsala geopfert wurden. Deshalb, glaube ich, waren es neun Kinder und Jugendliche, die an diesem Platz geopfert wurden. Durch ihre Opferung, welche für ihre Familien ein furchtbarer Verlust gewesen sein muss, wurde dieser Platz so heilig, dass kein Mensch seinen Fuß darauf setzen durfte. Er gehörte den Göttern. Deshalb errichtete man den Stein und führte dieses magische Runenritual aus, um die Menschen zu warnen und diejenigen zu strafen, die die Inschrift nicht ernst nahmen. *Vom Bösen geplagt soll der sein, der diesen Vi verletzt. Ich prophezeie Verderben.*" Sie schüttelte den Kopf. „Linn und die anderen jungen Leute haben den Preis für unsere Dummheit bezahlt. Skarpheden hätte niemals gebaut werden dürfen."

„Du hast gesagt, dass damals neun Menschen an diesem Ort geopfert worden sind und dass neun von diesen Menschenrunen in dem Bannspruch standen. Bedeutet das, dass neun sterben sollen?"

Mette sagte nichts. Doch ihr Schweigen war Antwort genug.

Auch wenn sie geahnt hatte, dass sie selbst an der Reihe war, das nächste Opfer zu sein (warum sollte sie davonkommen, wenn Linn es nicht geschafft hätte?), hatte sie nun die Bestätigung erhalten. Sie selbst war das vierte Opfer.

„Drei sind gestorben“, sagte Myran. „Dann fehlen noch sechs.“

„Du musst hier wegziehen, Mirjam.“

„Wir sind doch gerade erst hierher gezogen. Was soll ich denn meiner Mutter erzählen?“

„Möchtest du, dass ich mit ihr rede?“

Vielleicht würde Mama Mette zuhören. Aber würde sie ihr glauben? Würde sie die Wohnung verkaufen, die sie gerade erst erworben hatten, und von Skarpheden fortziehen? Myran glaubte, dass nicht einmal Mette Mama dazu bringen würde.

„Übermorgen kommt mein Vater aus Deutschland zurück. Er hat gesagt, dass ich bei ihm wohnen kann.“

„Das klingt gut. Aber du musst wohl auf jeden Fall mit deiner Mutter reden.“

„Wie denn? Entschuldige, Mama, aber wir müssen hier wegziehen. Über Skarpheden liegt nämlich ein Fluch, der Kinder und junge Leute trifft.“

„Ich verstehe, Mirjam. Du brauchst handfeste Beweise. Etwas, das deine Mutter verstehen kann. Glaub mir, wenn ich wüsste, wie ich die Menschen überzeugen könnte, hier wegzuziehen, besonders die, die Kinder haben, dann würde ich das tun.“

Myran seufzte. „Was sollen wir nur machen?“

„Du sollst etwas von mir bekommen.“ Aus einer beigen Plastiktasche mit Reißverschluss, die um ihren Hals hing,

zog Mette einen kleinen Gegenstand. Sie hielt ihn Myran vors Gesicht. Es war ein kleiner hellgrüner ovaler Stein mit einem Loch.
„Was ist das?"
„Ein Amulett. Es nennt sich *Hafnyr*. Ich habe es von einem guten Freund bekommen, der Archäologe ist. Es ist über tausend Jahre alt und schützt angeblich vor jeder Art Zauber. Leg es unter dein Kissen, wenn du schlafen willst."
Myran nahm den Stein an sich. Rollte ihn in der Handfläche. Er war glatt wie Babyhaut.
„Danke", murmelte sie.
„Ich wünschte, ich könnte mehr tun, um dir zu helfen, aber diese verfluchte Krankheit, sie hat mich schwach gemacht." Die letzten Wörter presste sie wie einen Fluch durch die Zähne.
„Ich werde schon zurechtkommen. Mein Vater kommt ja bald heim. Und schließlich hab ich jetzt auch das Amulett."
Mette griff nach ihrem Handy. „Ich glaube, ich rufe jetzt ein Taxi. Ich bin müde und muss mich ausruhen."
Ein paar Minuten später bog das dunkelblaue Taxi um die Ecke. Myran und der Fahrer mussten Mette helfen, die sich nicht aus eigener Kraft aus dem Rollstuhl erheben konnte. Sie schien sehr viel schwächer geworden zu sein, seit sie sich am Tag zuvor getroffen hatten. Da hatte sie sich geweigert, Hilfe anzunehmen, hatte mit dem überschwappenden Wasserglas gekämpft und mit störrischen

Kleidungsstücken. Doch nun lächelte sie dankbar, als Myran und der Fahrer sie auf beiden Seiten unter den Armen packten und aus dem Rollstuhl ins Auto hoben.

Als Mette sicher auf ihrem Platz saß, wollte sie Myran nicht loslassen. „Pass auf dich auf, Mirjam."

„Und du auf dich", sagte Myran.

„Ich wünschte, ich könnte mehr tun."

„Wir sehen uns doch wieder?"

„Das werden wir." Ihre Finger schlossen sich fest um Myrans Hände. Mit kraftvollerer Stimme rief sie: „Das werden wir."

Der Taxifahrer knallte auf seiner Seite die Tür zu. „Können wir los?", fragte er.

Mette nickte und lehnte sich im Sitz zurück. Ihre Augenlider sanken hinab.

Als das Taxi außer Sichtweite war, fühlte Myran nach dem kleinen runden Stein, den sie in die Tasche gesteckt hatte. Sie ließ die Hand dort, während sie das kurze Stück nach Hause ging.

6

Damit sie es nicht vergaß, versteckte sie den Hafnyr unter dem Kissen, sobald sie nach Hause gekommen war. Sie wollte auf der sicheren Seite sein. Im selben Augenblick hörte sie ihre Mutter im Flur „Hallo!“ rufen. Sie ging in die Küche, wo die Mutter gerade Lebensmittel in den Kühlschrank räumte.

„Was hast du denn heute so gemacht?“, fragte sie mit ungewohnt fröhlicher Stimme.

„Nichts Besonderes.“

„Was hältst du davon, wenn wir nächste Woche wegfahren?“

„Papa kommt übermorgen wieder.“

„Ihr werdet euch schon noch treffen.“ Die Stimme klang immer noch munter. Verdächtig munter.

Was hat sie nun wieder ausgeheckt?, dachte Myran.

„Ich war heute im Reisebüro.“

„Hast du eine Reise gebucht?“, rief Myran.

Die Mutter lächelte vergnügt. „Teneriffa.“

„Woher hast du denn das Geld? Hast du eine Bank überfallen?“

„Ich hab einen Kleinkredit aufgenommen. Ich dachte, das ist es wert. Du musst mal eine Weile raus hier."
Wie wahr. Aber eine Woche auf Teneriffa würde ihr Leben nicht retten. Außerdem hatte sie mit Papa abgemacht, dass sie eine Weile bei ihm wohnen würde. Und hoffentlich für längere Zeit.
„Es geht nicht. Ich hab's Papa versprochen."
„Was hast du Papa versprochen?"
„Als wir uns getroffen haben, haben wir abgemacht, dass ich eine Weile bei ihm wohnen werde. In seiner neuen Wohnung."
„Ab wann denn?"
„Ab übermorgen. Dann kommt er aus Deutschland wieder."
„Aha." Die Einkaufstaschen waren geleert, und die Mutter wusch einen Bund Petersilie unter kaltem Wasser ab. Die Enttäuschung spiegelte sich in ihren Augen wider.
„Dann muss ich wohl die Reise stornieren."
„Vielleicht können wir später fahren."
„Vielleicht."
Es wurde still in der Küche.
An diesem Tag wurde nichts mehr gesprochen.

Draußen war es dunkel geworden. Die Uhr auf dem CD-Player zeigte fünf vor zwölf. Es war unmöglich, einzuschlafen. Die Gedanken kreisten in ihrem Kopf herum. Sie wälzte sich hin und her. Fror und schwitzte abwechselnd.

Sie war durstig. Also stand sie auf und trank Wasser. Zurück im Bett merkte sie, dass sie zur Toilette musste. Sie schlich am Schlafzimmer ihrer Mutter vorbei. Drinnen war es dunkel. Die Mutter schlief. Als sie fertig war, kroch sie wieder ins Bett. Die Schatten im Zimmer hatten sich verstärkt. Es war so still, dass sie ihr Herz in der Brust schlagen hören konnte.
Nun war es halb eins.
Sie fühlte nach dem Amulett, das sie unter das Kissen geschoben hatte. Es beruhigte sie, als berührte sie jemandes weiche, warme Haut.
01:15 Uhr
Myran war eingeschlafen.
Den kleinen glatten Stein hatte sie in der Hand verborgen.

7

Sie erwachte mit einem Schrei auf den Lippen, aber da war keine Luft in ihrer Lunge, um ihn ausstoßen zu können. Nach Luft ringend streckte sie in der Dunkelheit die Arme aus, als wolle sie die Luft mit ihren Händen einfangen. In dieser heftigen Bewegung verlor sie das Gleichgewicht, fiel vornüber und rollte vom Bett. Ihre eine Schulter fing den Fall auf dem Boden ab. Der Schmerz fuhr ihr wie ein Blitz durch den Körper, sie schrie. Trotz des Blutgeschmacks (sie hatte sich auf die Zunge gebissen) und des dumpfen Schmerzes fühlte sie eine heftige Erleichterung. Sie konnte wieder atmen. Sie lebte.

Eine ganze Weile blieb sie auf dem Boden liegen. Der Albtraum hatte ihr alle Kraft geraubt. Sie fühlte sich wie ein ausgewrungener Spüllappen. In der Wohnung herrschte Totenstille.

Kein Geräusch, das ahnen ließ, dass Mama ihren Schrei gehört hatte oder das Poltern, als sie zu Boden gefallen war. Meistens schlief ihre Mutter fest. Sie selbst gab das nicht gern zu, aber Myran wusste, dass sie üblicherweise eine Schlaftablette nahm, wenn sie zu Bett ging.

Sie versuchte aufzustehen und merkte, dass die eine Hand krampfhaft zur Faust geballt war. Widerstrebend lösten sich die steifen Finger und enthüllten den kleinen grünen ovalen Stein.
Er hatte ihr die Ruhe gegeben einzuschlafen.
Doch er hatte sie nicht vor dem Traum geschützt.

Der dunkle Wald. Der Mondschein. Die alte Frau, die an der Lichtung auf sie gewartet hat. Die Binde, mit der sie ihr die Augen verbunden hat. Die krächzenden Vögel. Hoch über ihr. Und dann. Das Seil, das ihr den Hals zuschnürte. Ihre Hände, die verzweifelt versuchten es abzureißen. Die Luft, die ihr entwich, wie Wasser aus einem undichten Rohr.

Linns Traum.
Da gab es etwas, was sie tun musste. Sie sträubte sich, aber sie war dazu gezwungen.
Den schmerzenden Arm gegen die Brust gedrückt, schlich sie in den Flur. Sie warf einen hastigen Blick zum Schlafzimmer ihrer Mutter. Ihre Mutter ließ die Tür immer einen Spalt breit offen, wahrscheinlich eine Angewohnheit aus das Zeit, als Myran klein war und nachts zu ihrer Mutter ins Bett kroch. Im Dunklen konnte sie die Gestalt ihrer Mutter erkennen. Es war verlockend, in ihr Bett zu schlüpfen, sich an ihren warmen Körper zu kuscheln.
„Was ist los, Myran?“
„Nur ein Albtraum, Mama.“

Sie öffnete die Badezimmertür, machte das Licht an und schloss hinter sich ab. Im großen Badezimmerspiegel sah sie ihr Spiegelbild. Sie sah schrecklich aus. Die Lippen und Wangen leichenblass, die Pupillen unnatürlich geweitet. Sie glich einem Tier, das vom blendenden Licht eines Autoscheinwerfers eingefangen wurde.
Ein Teil von ihr wollte am liebsten die Augen schließen, der andere Teil verlangte danach, es zu sehen.
Das Herz hämmerte ihr in der Brust. Jeder Schlag hallte in ihr wider.
Sie beugte sich vor, reckte den Hals.
Es war nicht so deutlich zu sehen, aber doch erkennbar.
Die blaurote Linie.
Sie war gezeichnet.
Auserwählt.

Vom Balkon aus sah sie, wie sich die Sonne durch den grauen Regendunst kämpfte.
Über eine Stunde hatte sie an dem kleinen Tisch auf dem Balkon gesessen. Sie fror in dem dünnen T-Shirt, das sie sich wie einen Rock über die Beine gezogen hatte. Gleichzeitig wollte sie dort sitzen, denn die Kälte hielt sie wach.
Sie wagte nicht, wieder ins Bett zu kriechen. Wagte nicht einzuschlafen.
Wie viele Tage würde sie durchhalten? Linns unheimliche Worte, die sie unter den alten Eichen gesprochen hatte, kamen ihr in den Sinn.
„Es ist wie ein Teufelskreis. Wenn ich wieder einschlafe,

werde ich sterben. Aber wenn ich nicht schlafen darf, werde ich verrückt.“

Schlafen musste sie irgendwann, daran war nicht zu rütteln.

Wenn sie es schaffte, die Müdigkeit in Schach zu halten, bis Papa heimkam, würde sie vielleicht überleben. Doch nicht einmal das war sicher.

Es wurde sechs Uhr. Aus der Wohnung hörte sie das Piepsen von Mamas Wecker. Sie ging ins Zimmer zurück und setzte sich aufs Bett, um die Zeit abzuwarten. Ihre Mutter brach gegen sieben von zu Hause auf. In dieser Beziehung kannte sie die Morgenroutinen ihrer Mutter genauso wie ihre eigenen. Zuerst würde die Mutter duschen und sich schminken. Das dauerte ungefähr fünfundvierzig Minuten. Dann blieb ihr nur noch eine Viertelstunde, um zwei Tassen Kaffee zu trinken, die *Dagens Nyheter* durchzublättern, eine Zigarette zu rauchen und sich anzuziehen. Trotzdem behauptete sie, noch niemals zu spät zur Arbeit gekommen zu sein.

Sobald ihre Mutter gegangen war, würde Myran sich eine Kanne Kaffee kochen und für eine Weile hinausgehen. Vielleicht würde sie ein paar Videofilme ausleihen. Etwas Spritziges und Spannendes, das sie wach hielt.

Sie gähnte. Merkte, dass der Oberkörper wie von magnetischen Kräften vom Bett angezogen wurde. Sie begann sich anzuziehen. Es hatte wieder angefangen zu regnen. Die Sonne hatte es nicht geschafft, durch den diesigen Schleier zu dringen, sondern war vollkommen verschwunden. Sie schob die Hände in die Hosentaschen. In der einen fühlte sie den kleinen grünen ovalen Stein. In der anderen einen Zettel. Es war der Zettel mit den magischen Runen, den sie von Mette bekommen hatte. Sie hatte schon vergessen, dass sie ihn eingesteckt hatte. Die roten Zeichen aus Tusche schienen sie zu verhöhnen. Mit einem Schaudern zerriss sie den Zettel und warf die Fetzen in den Papierkorb.

Plötzlich fiel ihr etwas ein.

Etwas, das Mette ihr erzählt hatte.

„Mit Hilfe der Runen suchte man Hilfe und Linderung bei Krankheit, Glück im Streit und in der Liebe. Man benutzte sie, um seinen Feinden zu schaden, aber auch zum Schutz gegen Zauberei."

Sie hielt inne.

Als Schutz gegen Zauberei.

Warum hatte sie daran nicht gedacht?

Und warum hatte Mette nicht daran gedacht?

8

Dreimal hatte sie während des Vormittags angerufen, und jedes Mal nur Mettes Stimme vom Band erreicht: „Ich bin gerade nicht zu Hause, aber Sie können versuchen, mich über mein Handy zu erreichen. Die Nummer lautet ...“ Sie hatte dann auf Mettes Handy angerufen, aber auch dort ohne Erfolg.

Warum nahm sie nicht ab?

Myran wurde unruhig. Sie erinnerte sich schließlich daran, wie sie ihr hatte helfen müssen, vom Rollstuhl ins Taxi zu gelangen.

Und wenn etwas passiert war? Und wenn Mette gestürzt war und nun hilflos in ihrer Wohnung lag?

Myran beschloss, augenblicklich in die Stadt zu fahren.

Eine Stunde später klingelte sie an der Tür zu Mettes Wohnung. Als die Klingel zum vierten Mal verklungen war, öffnete sie den Briefschlitz und rief nach ihr. Keine Antwort. Vielleicht war sie unterwegs.

Plötzlich merkte sie, dass jemand sie ansah. Sie drehte sich um. In der Tür der gegenüberliegenden Wohnung stand eine Frau um die dreißig. Sie hatte müde, gerötete

Augen und helles, strähniges Haar. Auf dem Arm trug sie einen kleinen Jungen, der schläfrig an einem Schnuller nuckelte. Beide sahen aus, als hätten sie tagelang keinen Schlaf bekommen.

Wenn ich Mette nicht erwische, werde ich selbst bald genauso aussehen, dachte Myran.

„Kommst du vom Sozialdienst?“ Die Frau hatte eine unangenehm scharfe Stimme.

„Nee, ich ...“

„Ich hab dich hier noch nie gesehen.“

„Ich bin eine Freundin von Mette. Wissen Sie, wo sie ist?“

„Sie ist im Krankenhaus.“

Myran wurde es vollkommen kalt. Das durfte nicht wahr sein!

„Was ist denn passiert?“

„Die vom Sozialdienst haben sie gestern Abend auf dem Fußboden gefunden, sie ist aus dem Rollstuhl gestürzt.“

„In welchem Krankenhaus liegt sie denn?“

„Das nächste wäre Danderyds, also ...“

Myran wartete nicht ab, bis die Frau den Satz zu Ende gesprochen hatte.

Eine Dreiviertelstunde später hatte sie die Station erreicht, auf der Mette lag. Eine Krankenschwester hielt sie auf dem Korridor auf und fragte sie, wen sie suche.

„Mette Solvang“, sagte Myran außer Atem.

„Bist du eine Angehörige?“

Myran nickte. „Wie geht es ihr?“

„Es besteht keine akute Gefahr für Mette. Sie schläft gerade.“
„Ich möchte sie gern besuchen.“
„Sicher.“ Die Krankenschwester zeigte mit dem Finger. „Ganz hinten, die zweite Tür rechts.“
Myran eilte los, wurde aber auf halbem Wege von der Stimme der Krankenschwester gestoppt. „Warte mal.“
Sie kam zu Myran und legte ihr die Hand auf den Arm. „Mette ist es ziemlich schlecht gegangen, aber es sieht schlimmer aus, als es ist. Du brauchst keine Angst zu haben.“
Mette lag allein in dem Zimmer. Obwohl die Krankenschwester sie darauf vorbereitet hatte, bekam Myran einen Schock.
„Oh Gott“, murmelte sie.
Mettes Gesicht war zur Hälfte mit blauen Flecken übersät, die leicht ins Gelbliche wechselten. Das linke Auge war blutunterlaufen und geschwollen. Myran blieb an der Tür stehen, ihr wurde beinahe schlecht. Schließlich überwand sie sich, zum Bett zu gehen. Sie sah, dass Mette atmete, der Brustkorb hob sich unter der Decke. Sie war ein wenig beruhigt. Vielleicht hatte die Schwester Recht, vielleicht war es gar nicht so schlimm, wie es aussah.
Mettes Augenlid zuckte. Sie murmelte etwas. Dann schlug sie die Augen auf.
Sie lächelte, angenehm überrascht. „Mirjam. Schön, dich zu sehen.“
Myran war erleichtert. Sie hatte befürchtet, Mette würde

sie vielleicht nicht wieder erkennen. Doch sie wirkte viel munterer, als Myran es erwartet hatte.

„Wie geht es dir?“

„Ich glaub, besser.“ Sie fühlte mit den Fingern nach ihrem Gesicht. „Wie seh ich aus?“

„Blau geschlagen“, sagte Myran.

„Könntest du mir bitte ein Glas Wasser geben? Ich bin wahnsinnig durstig.“

„Warte.“

Das Leitungswasser war lauwarm, aber es wurde nicht kälter, wie lange Myran es auch laufen ließ. Sie half Mette, sich im Bett aufzusetzen, und stützte ihr mit dem Arm den Rücken. Mette trank durstig aus dem Glas. Dabei kleckerte sie ein paar Tropfen auf das weiße Krankenhaushemd.

„Danke“, sagte sie und ließ den Kopf auf das Kissen zurücksinken.

Myran zog einen Stuhl an das Bett heran und setzte sich.

„Hattest du so einen Schub?“, fragte sie. „Bist du deswegen gestürzt?“

Mette nickte. „Ich fing an doppelt zu sehen, und mir wurde furchtbar schwindelig. Alles drehte sich wie in einem Karussell. Dann kann ich mich an nichts mehr erinnern, bis ich in der Ambulanz wieder aufgewacht bin. Weißt du, wie lange ich hier bleiben muss?“

Myran antwortete, dass sie das nicht wisse.

„Uff“, brummelte Mette. „Ich hasse Krankenhäuser.“

„Mette. Ich brauch deine Hilfe.“

Mette runzelte die Stirn. „Ist etwas passiert?“
„Ich habe das Amulett unter mein Kissen gelegt, wie du gesagt hast. Aber ich habe trotzdem geträumt. Denselben Traum, den Linn hatte.“
„Und das Mal? Hast du das Würgemal am Hals?“
Myran nickte.
„Darf ich mal sehen?“
Myran beugte sich vor und zog den Kragen ihres Shirts herunter, sodass der Hals gut zu sehen war.
Mit einem gequälten Ausdruck wandte Mette das Gesicht ab. „Mein Gott“, murmelte sie. „Nicht du auch.“
„Mette.“ Myran beugte sich weiter vor. „Ich weiß, dass du mir helfen kannst.“
„Wenn ich das wirklich könnte, meinst du nicht, dass ich es dann längst getan hätte?“
„Weißt du noch, was du mir gestern erzählt hast? Als wir uns im Park getroffen haben?“
„Natürlich tu ich das. So hart hab ich mir den Schädel nicht angestoßen.“
„Du hast gesagt, dass man die Runen benutzen kann, um sich vor Zauberei zu schützen.“
Mette sah sie abwartend an, dann schüttelte sie den Kopf. „Ich weiß, was du mir versuchst zu sagen, aber das ist nicht so einfach.“
„Aber du weißt, wie man das macht. Oder?“
Mette ergriff Myrans Hand. „Sieh mich an, Myran“, sagte sie flehend. „Ich möchte nichts lieber, als dir helfen. Aber du siehst doch, ich bin krank. Ich kann nicht.“

„Du kannst mir doch beibringen, was zu tun ist."
„Nein, nein, das wäre zu gefährlich."
„Ich glaube nicht, dass es noch gefährlicher werden kann. Bitte. Du musst mir helfen."
„Ich kann dich keiner so großen Gefahr aussetzen. Es tut mir Leid, Mirjam."
Myran zog ihre Hand weg. Enttäuschung mischte sich mit Wut. Sie sah Mette scharf an. „Ich denke jedenfalls nicht dran, mich hinzulegen und zu sterben."
Plötzlich schwang die Tür auf. Die Krankenschwester kam ins Zimmer. „Ich muss nur den Tropf wechseln", erklärte sie und lächelte entschuldigend. Eine Minute später war sie fertig und verließ den Raum.
Myran stand auf. „Ich gehe jetzt", sagte sie. „Du brauchst Ruhe."
Mette nickte abwesend.
Auf dem Weg zur Tür hörte sie Mettes Stimme. „Mirjam."
Myran drehte sich um. „Was ist denn?"
„Ich glaube, mein Handy steckt in meiner Handtasche. Sei so lieb und gib es mir."
Die Handtasche hing an einem Haken neben dem Waschbecken. Myran fand das Telefon und reichte es Mette. Sie begann eine Nummer einzutippen.
„Wen rufst du an?", fragte Myran.
„Einen alten Freund. Ich glaube, er kann uns helfen."

9

Antiquariat stand in abblätternden Buchstaben auf dem von Abgasen verschmutzten Schaufenster. Von der Straße aus führte eine steile Treppe hinunter in den düsteren Geschäftsraum. Eine scheppernde Kuhglocke hieß sie willkommen, als sie die Tür vorsichtig aufstieß und eintrat. Zum Bersten mit Büchern voll gestopfte Regale erstreckten sich vom Fußboden bis unter die Decke. Rechts von der Tür gab es eine Theke (obwohl es sich dabei um einen gewöhnlichen Küchentisch handelte), auf der eine altmodische Kasse und Stapel zerlesener Bücher herumstanden. Es roch nach Schweiß und Zigarettenqualm. Aber sie sah keinen Menschen, weder den Geschäftsinhaber noch Kunden.

Hoffentlich war sie hier richtig. Die Adresse stimmte auf jeden Fall. Aber wo steckte er? Mettes alter Freund.

„Hallo! Ist jemand da?“, rief sie.

Plötzlich erwachten die Schatten zum Leben. Ein kleiner Mann kletterte von einer Leiter, die gegen eines der Regale weit hinten im Laden gelehnt war. Er bewegte sich flink und leicht, obwohl sein runzliges Gesicht und sein

schlohweißes Haar von hohem Alter zeugten. Blinzelnd wie ein Waldtroll aus einem Märchen kam er auf sie zu.
„Bist du Mirjam?"
Sie nickte. Er war sogar kleiner als sie. Sein Kopf reichte ihr gerade mal ans Kinn.
„Gabriel. Nett dich kennen zu lernen."
Sie gab ihm die Hand. Es war, als ob sie einen trockenen Ast berührte.
„Einen Augenblick. Ich will nur abschließen." Nachdem er die Ladentür abgeschlossen hatte, hakte er Myran höflich unter, als wollte er sie zu einem königlichen Ball geleiten. „Hier entlang", sagte er.
Sie kam gar nicht dazu zu fragen, wohin sie gehen würden.
Weit hinten zwischen den Regalen gab es eine Tür. *Nur für Personal* stand auf einem handgeschriebenen Schild. Als Gabriel sie aufgeschlossen hatte, wartete eine Überraschung auf sie. Hinter dieser Tür war eine Gittertür verborgen, die wiederum den Zugang zu einer Treppe verschloss, die hinabführte in pechschwarze Dunkelheit. Gab es dort unten ein Bankgewölbe?, fragte sich Myran. Oder ein Gefängnisverlies?
„Halt dich an meiner Schulter fest. Die Treppe gehört zu einem mittelalterlichen Kloster, das früher einmal hier gestanden hat, und sie ist nicht in bestem Zustand."
„Gibt es hier kein Licht?"
„Ich hab eine Taschenlampe", sagte Gabriel. „Aber es wäre trotzdem besser, wenn du dich an mir festhältst."

Gehorsam legte sie dem alten Mann die Hand auf die Schulter und folgte ihm die Treppe hinunter, die direkt in die Unterwelt zu führen schien. Sie schauderte am ganzen Körper. Zum Glück war die Treppe nicht so lang, und schon bald spürte sie ebenen Boden unter den Füßen. Der Schein von Gabriels Taschenlampe ließ einen kleinen Raum mit mächtigen Steinwänden und tiefer, gewölbter Decke erkennen. In schönen Glasvitrinen wurden Bücher aufbewahrt, die sehr viel älter zu sein schienen als die Bücher oben im Laden. Unleserliche Titel in zierlichem Druck waren auf den rissigen Buchrücken zu sehen.

Der alte Mann bat sie, die Taschenlampe zu halten, und zog ein Paar weiße Baumwollhandschuhe an. Dann holte er einen kleinen Schlüssel heraus und schloss einen der Bücherschränke auf. Das Buch, das er herausholte, war nicht viel größer als ein Taschenbuch. Es war in schwarzes Leder gebunden, das durch den Gebrauch glänzend geworden war. Behutsam, als halte er einen Schatz in der Hand, legte er das Buch auf einen Tisch, der in der Mitte des Raumes stand.

„Was ist das für ein Buch?“, fragte Myran.

„Ein isländisches Buch über schwarze Magie aus dem siebzehnten Jahrhundert. Es enthält Runengalder, eine Art Verse, und magische Beschwörungsformeln, die über mehrere Jahrhunderte bewahrt und niedergeschrieben worden sind.“

Er sah auf und heftete den Blick auf sie. „Ich will nicht

wissen, wozu du das Buch brauchst, aber versprich mir, dass du vorsichtig damit umgehst. Es ist von unschätzbarem Wert."
„Ich versprech es", sagte Myran.

Die Hände in Gabriels Baumwollhandschuhe gesteckt, blätterte Mette in dem isländischen Buch über schwarze Magie. Die vergilbten Blätter knisterten steif. „Es erstaunt mich wirklich, dass Gabriel es ausgeliehen hat. Dieses Buch hier ist das Einzige seiner Art."
Myran unterdrückte ein Gähnen. Es war beinahe neun Uhr abends, und sie war nun seit annähernd vierundzwanzig Stunden wach. Solange sie beschäftigt gewesen war, hatte sie die Müdigkeit kaum gespürt, aber als sie nach dem Besuch im Antiquariat zum Krankenhaus zurückgekehrt war, wurden ihre Augenlider immer schwerer. Und sie wusste, dass sie sich mindestens noch weitere vierundzwanzig Stunden wach halten musste.
„Er hat gesagt, dass es von unschätzbarem Wert ist."
„Das ist es auch. Ich habe nicht einmal daran geglaubt, dass Gabriel es besitzt, und Gott weiß, was er noch für bemerkenswerte und seltene Schriften in seinem Keller aufbewahrt."
„Aber woher kennst du das Buch?"
„Es ist in Forscherkreisen sehr bekannt. Die königliche Bibliothek hat eine Abschrift davon, die im achtzehnten Jahrhundert angefertigt worden ist. Doch man nahm an, dass das Original vor langer Zeit verloren gegangen

ist. Und in diesem Fall ist nur die echte Ware von Nutzen."

Sie nahm die Brille ab und klappte die Bügel ein. „Es wäre am besten, wenn du heute Nacht hier bleibst. Es gibt eine ganze Menge, was du lernen musst."

„Schaffst du das denn?"

„Mach dir um mich keine Sorgen."

„Ich muss nur Mama anrufen."

Natürlich zwang sie sich zu einer Lüge. Sie erzählte, sie habe Cissi in der Stadt getroffen und wäre mit zu ihr nach Hause nach Lillsätra gegangen. Ob es okay sei, dass sie über Nacht bei ihr blieb? Sicher. Mama fand es schön, dass Myran ihre alten Freunde wieder sah. Sie klang tatsächlich richtig froh. Myran blieb mit schlechtem Gewissen zurück. Eigentlich belog sie ihre Mutter nie.

„Sollen wir loslegen?", fragte Mette, als Myran zurückkam.

Sie brauchten die ganze Nacht. Mette erzählte und erklärte. Sie gab sich erst zufrieden, als Myran zeigte, dass sie wirklich alles verstanden hatte. Es sei zu ihrem eigenen Besten, behauptete Mette immer wieder.

„Du musst es genau so machen, wie es in dem Buch steht. Machst du etwas falsch, kann der Fluch auf dich zurückfallen. Bist du dir sicher, dass du das schaffst?"

Myran nickte. „Ich bin mir sicher."

Mette prüfte ihr Gesicht kritisch, als ob sie nach einem Zeichen von Zögern oder Unsicherheit suchte.

„Okay“, sagte sie dann. „Jetzt gehen wir das Ritual noch einmal durch.“

Als das erste Licht des Morgengrauens ins Zimmer drang, schlief Mette. Ihre Hände ruhten auf ihrer Brust und umfassten beschützend das Buch über schwarze Magie. Sie atmete schwer durch Nase und Mund.

Myran beneidete sie. Sie hätte sonstwas dafür gegeben, auch so fest schlafen zu dürfen, selbst wenn es nur für einen kurzen Moment wäre.

Draußen auf dem Korridor surrte das Rufsignal wie eine aggressive Biene, gefolgt vom Klappern eiliger Schritte.

In Mettes Zimmer war es ruhig und still.

Myran stand auf. Es war Zeit zu gehen. Sie hatte viel zu tun.

Vorsichtig stibitzte sie das Schwarzkunstbuch aus Mettes Arm und schlich zur Tür hinaus.

10

Die Mutter steckte den Kopf zur Tür herein. Sie war von der Arbeit heimgekommen und fragte: „Wie war's bei Cissi?"

Myran runzelte die Stirn. Dann erinnerte sie sich. Ihre Lüge. „Gut."

„Ihr habt wohl nicht besonders viel Schlaf gekriegt, wie ich sehe."

„Was?"

„Du siehst wahnsinnig müde aus."

Sie fühlte sich wahnsinnig müde. „Ich gehe heute Abend früh ins Bett."

„Gute Idee."

Die Mutter zog den Kopf zurück. Überlegte es sich dann aber anders. „Übrigens, ich hab mir was überlegt. Diese Reise. Wenn du willst, können wir auch später wegfahren. Wenn du bei Papa gewesen bist."

„Sicher. Das klingt gut."

„Hat er sich übrigens mal gemeldet?"

„Welches Datum haben wir?"

„Den vierzehnten."

Verwirrt sah Myran ihre Mutter an. „Bist du da wirklich absolut sicher?“

Die Mutter nickte.

Sie musste sich in den Tagen verzählt haben.

Der vierzehnte.

Das Datum, an dem Papa aus Deutschland zurückkommen müsste.

Dann war es vielleicht noch nicht zu spät.

Die Mutter lächelte. „In einer halben Stunde gibt's Essen.“

Sie rief ihn von ihrem Handy aus an. Nach dem dritten Klingeln sprang der Anrufbeantworter an. Eine Woge von Wärme lief durch ihren Körper, als sie seine Stimme hörte: „Thomas hier. Ich kann gerade nicht drangehen, aber du kennst ja den üblichen Ablauf. Hinterlass eine Nachricht nach dem Pfeifton, dann ruf ich pronto zurück. Tschüss.“

Sie zögerte.

Wusste nicht, was sie sagen sollte. Sie wollte nicht verzweifelt klingen. Doch gleichzeitig musste sie ihm zu verstehen geben, dass es wirklich wichtig war, dass er zurückrief.

„Hallo, Papa. Ich bin's. Myran. Wenn du wieder in Schweden bist, kannst du mich ja anrufen. Es ist wichtig. Tschüss.“

Hatte er ihre Handynummer? Sie glaubt sie ihm bei ihrem Treffen gegeben zu haben. Aber sie war nicht sicher.

Also rief sie noch einmal an. „Ich bin's noch mal. Ich hab vergessen, dir meine Handynummer zu geben.“ Zweimal sagte sie die Nummer durch, dann legte sie auf.
Jetzt würde er auf jeden Fall verstehen, dass es ziemlich wichtig war.

11

Es war fünf Minuten nach halb elf am Abend. Ihr Vater hatte immer noch nicht angerufen.

Vielleicht hat er einen späteren Flug genommen, dachte sie. Oder es noch nicht geschafft, meine Nachricht zu hören.

Sie hatte das Handy die ganze Zeit bei sich, falls er anrufen sollte. Es blieb immer noch etwas Zeit.

Sie rieb sich die Augen. Gähnte. Sie war so müde, dass sie im Stehen hätte einschlafen können.

In den letzten Stunden hatte sie Mengen von starkem Kaffee in sich hineingeschüttet. Die Thermoskanne, die sie in ihr Zimmer hatte schmuggeln müssen, damit ihre Mutter nicht auf die Idee kam, sie sei von einer plötzlichen Koffeinsucht befallen worden, war leer. Aber der enorme Koffeinstoß hatte sie nicht munterer werden lassen, stattdessen wurde sie von Übelkeit gepackt und begann zu zittern. Und musste pinkeln. Sie war so oft zur Toilette gerannt wie damals, als sie eine Blasenentzündung gehabt hatte, in einem Winter vor langer Zeit.

Ihre Mutter war schon zu Bett gegangen, doch die Nacht-

tischlampe in ihrem Zimmer brannte immer noch. Myran konnte sich nicht auf den Weg machen, ehe sie nicht sicher wusste, dass ihre Mutter schlief. Wenn sie aufwachte, wäre alles verloren. Noch einmal vierundzwanzig Stunden ohne Schlaf würde sie niemals aushalten.
Merkwürdigerweise empfand sie keine Angst. Ihr Herz schlug ruhig. Wirklich merkwürdig, obwohl sie doch wusste, dass ihr Leben in Gefahr war; auch wenn sie alles richtig machte, war es nicht sicher, dass das Ritual gelang. Doch sie ging lieber dieses Risiko ein, als überhaupt nichts zu tun. Außerdem musste sie an das Gelingen des Rituals glauben. Ansonsten hätte es keinen Sinn.
„Es ist wahr“, hatte Mette gesagt. „Du musst an dich selbst glauben. Die wahren Kräfte liegen nicht in den Runen, sondern in dir. Hier.“ Sie drückte die Handfläche auf die Brust. Die Herzstelle. Dann lächelte sie und sagte: „Und ich habe begriffen, dass du ein sehr mutiges Mädchen bist, Mirjam.“
Abwehrend hatte sie den Kopf geschüttelt. Das war kein Mut. Sie wollte nur einfach nicht sterben wie ein hilfloses Opfer. Wie Linn es getan hatte. Es tat so weh, sich klarzumachen, wie chancenlos Linn gewesen war.
Jetzt waren zehn Minuten vergangen, seit sie das letzte Mal auf die Uhr geschaut hatte.
Sie ging in den Flur, stellte sich in den Türrahmen von Mamas Zimmer. Die Nachttischlampe war ausgeknipst. Ihre Mutter hatte sich die Decke über den Kopf gezogen, ein sicheres Zeichen dafür, dass sie eingeschlummert war.

Sicherheitshalber blieb sie noch eine Weile an der Tür stehen. Sie horchte. Der Atem ihrer Mutter ging gleichmäßig und ruhig. Kein Zeichen von Unruhe.
Das Letzte, was sie tat, ehe sie die Wohnung verließ, war, den Schlüssel zur Waschküche vom Haken in der Besenkammer zu nehmen.
Sie glaubte nicht, dass ihr Vater noch anrufen würde.

DRITTER TEIL

1

Es war Vollmond. Genau wie in meinem Traum, dachte sie, während sie die Treppe hinuntereilte, die zur Rückseite des Hauses führte. Am Schlüsselbund, den sie fest in der Hand hielt, hingen zwei Schlüssel. Einer gehörte zu der Stahltür, der andere zur Waschküchentür. Als sie den ersten Schlüssel ins Schloss steckte, stellte sie sich ziemlich ungeschickt an. Der Schlüsselbund glitt ihr aus der Hand und fiel auf den Boden. Sie verschwendete unnötig Zeit, bis es ihr gelang, ihn im Dunkeln wieder zu finden. Sie machte einen neuen Versuch. Diesmal ging es besser. Sie stieß die schwere Tür auf, schob die Hand hinein und drehte am Lichtschalter. Dann erstarrte sie. Die Leuchtstoffröhre ging nicht an, gab nicht einmal ein einzelnes Flackern von sich, wie sie es das letzte Mal getan hatte, als Linn und sie sich durch den finsteren Korridor getastet hatten. Jetzt sah sie rein gar nichts. Der Korridor war schwarz wie eine Grotte. Wenn sie doch nur daran gedacht hätte, eine Taschenlampe mitzunehmen. Sie kramte aus dem Rucksack, den sie über der einen Schulter hängen hatte, eine Schachtel Streichhölzer hervor und zündete ein Streichholz an. Vage konnte sie am anderen Ende des langen Korridors die Tür zur Waschküche erkennen.

Es war eigentlich nicht weit bis zur Waschküche, vielleicht zehn Meter. Doch die Dunkelheit ließ sie zögern.

Sie hatte sich doch so gut vorbereitet, wusste exakt, was sie zu tun hatte. In ihrem Innern war sie jeden Schritt von der Wohnung bis zum Trockenraum abgegangen, dem Platz, wo sie das Ritual vollziehen würde.

Aber damit hatte sie nicht gerechnet.

Sie beratschlagte einen Moment mit sich selbst. Sollte sie zur Wohnung zurückgehen und eine Taschenlampe holen? Wenn Mama allerdings aufwachte – dann war alles verloren.

Steckte das kleine Mädchen dahinter? Hatte sie dafür gesorgt, dass die Lampe wieder kaputtgegangen war? Versuchte das Mädchen wieder, sie zu warnen? Kehr um! Du hast keine Chance. Du wirst da drinnen sterben.

Myran starrte in die tiefe Finsternis. Es war zu spät. Sie konnte nicht zurück.

Sie zündete ein neues Streichholz an. Ihre Hand zitterte. Sie zögerte wieder. Hielt inne und blieb einen Moment stehen, während die Flamme ihre Finger versengte.

Du hast die Angst zugelassen, dachte sie, und jetzt kannst du sie nicht wieder loswerden.

Das Streichholz erlosch.

Ihr Handy gab ein Signal von sich.

Sie zog das Handy heraus, das sie in die Gesäßtasche gesteckt hatte, und las, was auf dem Display stand.
Sie konnte kaum glauben, dass es wahr war.
Papa, leuchtete es in grünen Buchstaben.

2

Das Telefon spielte weiter seine Melodie. Sie drückte die Antworten-Taste.
„Hallo."
„Bist du's, Myran?"
„Ja, Papa, ich bin's."
„Was hast du gesagt?"
Die Verbindung war schlecht, seine Stimme klang mal laut und mal leise. Sie ging hinaus und stellte sich an die Hauswand. Jetzt konnte sie besser hören.
„Du hast doch noch nicht geschlafen?"
„Nein, nein."
„Du hast gesagt, dass es wichtig ist. Ist was passiert?"
„Können wir uns treffen?"
„Was?"
Sie sprach lauter. „Können wir uns treffen?"
„Jetzt?" Es klang wie ein Lachen, aber sie war sich nicht ganz sicher. „Aber Kleines, ich bin noch in Deutschland, das weißt du doch."
Erst glaubte sie, sie hätte sich verhört. „Du bist immer noch in Deutschland?"

„Was hast du gesagt? Du bist verdammt schlecht zu verstehen."
Sie hörte ihn auf jeden Fall gut. Also fragte sie noch einmal.
Er sagte: „Ja, ich bin noch hier."
Dann hatte sie sich doch nicht verhört. Dann stimmte es also. „Heute ist der vierzehnte ... da wolltest du doch zurückkommen ... das hast du wenigstens gesagt."
Im Telefon war es still. Für einen Augenblick dachte sie, die Verbindung sei unterbrochen. Doch dann hörte sie seine Stimme. „Tut mir Leid, Kleines. Ich bleibe wohl noch ein Weilchen hier. Ein paar Angelegenheiten ziehen sich hin."
Beinahe versagte ihr die Stimme. „Wann kommst du denn nach Hause?"
„Das kann ich jetzt noch nicht sagen. Ich melde mich auf jeden Fall. Was ist denn eigentlich passiert? Du klingst ziemlich down."
Sie spürte einen Kloß im Hals, versuchte ihn hinunterzuschlucken, aber es ging nicht.
„Myran? Bist du noch da?"
Dann kamen die Tränen. Keine Chance, sie zu unterdrücken. Sie klang erbärmlich. „Tschüss, Papa."
„Myran?"
Sie legte auf. Dann sank sie zu Boden und blieb dort sitzen. Nach einer Weile spürte sie in ihrem Körper die Wut aufsteigen wie ein brennendes Fieber. Du kannst mich mal, Papa. Hörst du? Du kannst mich mal.

Mit einer entschlossenen Bewegung wischte sie die Tränen fort und stand auf.

Ich komm auch ohne dich zurecht.

Sie steckte den Schlüssel ins Schloss. Drehte ihn. Ein Streichholz flammte in ihrer Hand auf. Sie setzte den Fuß über die Schwelle. Machte noch einen Schritt.

Sie war drinnen.

Die Tür fiel hinter ihr ins Schloss.

Zum Glück funktionierte das Licht in der Waschküche. Sie ging weiter zum Trockenraum, drückte auf den rot leuchtenden Lichtschalter und sah erleichtert, wie es im Raum hell wurde. Dann blieb sie im Türrahmen stehen und ließ den Blick wandern. Ein Teppich hing auf einer der Wäscheleinen. Aber kein kleines Mädchen war zu sehen. Wo auch immer es sich befand, es schien nicht so, als wolle es sich heute Nacht zeigen.

Myran betrat den Raum.

Sie begann die Gegenstände herauszuholen, die sie im Lauf des Tages besorgt hatte. „Für das Ritual brauchst du ein Messer, eine Rasierklinge und ein Stück Holz", hatte Mette gesagt. Das Messer war ein einfaches Fahrtenmesser, das sie im Putzschrank gefunden hatte. Das Holzstück hatte einmal zu einer der alten Eichen gehört, die im *Bergatorps-Bad* standen. Es war ein Stück von einem dicken Ast, an dem sie herumgeschnitzt hatte, bis es eine gleichmäßige und glatte Oberfläche bekommen hatte.

Schließlich holte sie das isländische Buch über schwarze Magie heraus.

Sie öffnete die Packung mit den Teelichtern und stellte sie auf dem Fußboden dicht aneinander zu einem kleinen Kreis auf. Nachdem sie die kurzen Dochte angezündet hatte, schaltete sie das Deckenlicht aus. Der Kerzenschein erzeugte ein unheimliches Licht, die Schatten im Raum wuchsen und bekamen Tentakel.

Sie legte das Buch über schwarze Magie vor sich auf den Boden, die markierte Seite aufgeschlagen.

Sie dachte an das, was Mette gesagt hatte.

„Jede Rune muss richtig sein. Du hast nur einen Versuch. Du kannst nichts ausradieren und verbessern."

Mit kleinen, vorsichtigen Bewegungen begann sie die erste Rune in das Holzstück zu schneiden. Das Messer zitterte leicht in ihrer Hand. Doch die Runen, die sich langsam auf dem hellen Holz formten, wurden perfekt. Genau wie in dem Buch.

Dann ging sie zum nächsten Schritt über. Dazu brauchte sie die Rasierklinge. Dieses war der schlimmste Teil des Rituals, und sie beschloss, die Qual kurz und bündig hinter sich zu bringen.

„Das Blut ist notwendig, es steigert die Kraft der Runen."

Sie setzte die Rasierklinge auf die Handfläche auf, schloss die Augen und schnitt zu. Es blutete nicht besonders stark, doch sie spürte eine leichte Übelkeit. Sie nahm das Blut mit dem Zeigefinger auf und färbte die eingeritzten Runen.

Der letzte Schritt.

„Jetzt musst du die Zauberformel aussprechen, damit

sich die Runen öffnen und ihre magischen Kräfte freigesetzt werden."

Von Mettes Stimme geleitet, nahm sie das Messer und begann die blutgefärbten Zeichen auf dem Holzstück wegzukratzen. Während die Holzspäne wie Schneeflocken über die Flammen der Teelichter wirbelten, wo sie sich im selben Moment zu Asche verwandelten, schloss sie die Augen und sprach den Zauberspruch, den Mette ihr beigebracht hatte.

Neun Runen habe ich in das glatte Holz geritzt,
Bemalte und vermischte sie mit Blut
Und verbrannte sie an diesem Ort.
Neunmal spreche ich wie jetzt,
Befreie mich aus der Macht starker Zeichen,
Die mächtige Götter gesetzt haben.

Sie verstummte und blieb regungslos sitzen. Das Holzstück war wieder blank. Die letzten Reste der Runen waren im Feuer vernichtet. Jetzt konnte sie nur noch warten. Was passieren würde, wusste sie nicht. Auch Mette hatte es nicht gewusst.

„Wenn das Ritual gelingt, wirst du nicht mehr träumen. Das ist der einzige Weg, auf dem du Antwort kriegen kannst."

Mette, ja. Sie hatte ihr versprochen, sie anzurufen. Sie hatten verabredet, dass Myran sich meldete, sobald sie fertig war.

Aber erst muss ich hier wegkommen, dachte sie.
Sie versuchte aufzustehen. Merkte, dass es nicht ging. Die Beine fühlten sich schwer an und steif wie Stöcke. Die Arme wogen mehrere Tonnen. Sie vermochte sie kaum zu heben. Erschöpft sank sie auf dem Boden zusammen. Sie kam nicht von der Stelle.
Ihre Kräfte waren am Ende. Die letzten Reserven waren aufgebraucht.
Das ist das Ende, dachte sie träge. Weiter kommst du nicht. Der Ausstieg für sämtliche ...
Es rauschte in ihren Ohren. Es brannte unter den Augenlidern. Ihre Schultern sanken hinab, der Kopf fiel mit sanftem Ruck nach vorn. Das Messer und das Holzstück glitten ihr aus den Händen und fielen zu Boden.
Sie schlief.

3

Mette Solvang konnte nicht schlafen. Alle Sinne aufs Äußerste gespannt, lag sie da und lauschte auf die wohl bekannten Geräusche des Krankenhauses. Die eiligen Schritte auf dem Korridor, Rufsignale, die sich in unregelmäßigen Abständen wiederholten, der Mann, der im Zimmer nebenan hustete, die flüsternden Stimmen des Personals.

Die Nachtschwester hatte einen kleinen roten Plastikbecher mit einer Schlaftablette auf den Tisch neben ihr gestellt. Sie hatte sie nicht angerührt. Sollte es ihr entgegen jeder Wahrscheinlichkeit doch gelingen einzuschlafen, wollte sie nicht tief schlafen. Mirjam hatte versprochen anzurufen, wenn sie das Ritual vollendet hatte.

Sie schielte auf ihre Armbanduhr. Halb eins. Das Mädchen hätte längst anrufen müssen, dachte sie. Wenn alles gut gegangen war, hätte sie es tun müssen. Aber wenn nicht ...

Sie wehrte sich gegen den Gedanken. Sie musste daran glauben, dass es dem Mädchen gelang, die Mächte zu beschwören. Um Mirjams willen musste sie daran glauben.

Du trägst die Verantwortung, Mette Solvang. Du warst es, die das Mädchen unterwiesen und ihr gezeigt hat, was zu tun war. Zweifle jetzt nicht an ihr!
Doch ihr Glaube hatte zu wanken begonnen, und die Einsicht, dass sie einen furchtbaren Fehler begangen hatte, wuchs immer stärker, je länger die Nacht dauerte. Am Ende war es nicht mehr auszuhalten.
Du bist eine einfältige alte Frau! Dir hätte klar sein müssen, dass das Mädchen keine Chance hat. Sie ist zu jung, zu unerfahren. Du hast sie in den Tod geschickt. Mit verbundenen Augen.
Sie griff nach ihrem Handy, das auf dem Nachttisch lag.
Eine freundliche Frauenstimme klang vom anderen Ende der Leitung an ihr Ohr.
„Der Teilnehmer ist zur Zeit nicht erreichbar. Bitte versuchen Sie es zu einem späteren Zeitpunkt noch einmal."
Schockiert starrte sie ins Leere.
Mirjam hatte das Telefon ausgeschaltet.

4

Sie ist wieder da.

Die Lichtung mit den weißen Birken schimmert im Mondschein. Die Baumstämme sehen aus wie Säulen aus Silber.

Alles glänzt. Das Gras und die Blätter der Bäume.

Eine dunkle Gestalt tritt hervor ins Licht. Die alte Frau. Sie hält die weiße Augenbinde zwischen ihren klauenartigen Händen.

„Ich habe auf dich gewartet."

Myran nickt. „Ich weiß."

Die Alte stellt sich hinter sie und zieht ihr die Binde über den Kopf.

„Warte", sagt Myran. „Ich will keine Augenbinde haben."

„Bist du sicher?"

„Ich will sehen."

Die Alte seufzt einige Male und nimmt den weißen Stofffetzen weg.

„Hast du Angst?", fragt sie dann.

„Jetzt nicht mehr", antwortet Myran.

Die Alte lächelt mit ihren schwarzen Zähnen und sagt: „Du bist jetzt in der Hand der Götter."
Dann packt sie Myran fest am Arm und führt sie zwischen den Bäumen hindurch.
Die Schatten schließen sich dicht um sie.

5

Eine lange, quälende Minute verging, ehe jemand auf das Rufsignal reagierte. Es war eine der Hilfsschwestern, die in der Nacht Dienst hatten. „Linda“ stand auf ihrem Namensschild.

„Linda“, sagte Mette und blickte die junge Frau scharf an. „Sie müssen mir bei etwas helfen.“

„Sicher.“ Sie schenkte ihr ein liebliches Lächeln. „Worum geht es?“

„In wenigen Minuten steht ein Taxi vor dem Eingang. Ich möchte, dass Sie mir helfen, da runterzukommen.“

„Jetzt?“

„Sofort. Es ist sehr wichtig, dass ich hier wegkomme.“

„Aber Sie sind noch nicht entlassen worden. Die Ärzte ...“

Mette unterbrach sie. „Es geht um eine Freundin von mir. Sie braucht meine Hilfe.“

„Gibt's nicht jemanden, den Sie anrufen können?“

„Nein, es gibt niemanden.“

„Und die Polizei?“

Sie hatte die Möglichkeit schon ins Auge gefasst, sie aber wieder verworfen. Leider wusste sie nicht sicher, in wel-

chem Haus sich die Waschküche befand, in der sich Mirjam aufhielt. Sie musste selbst dorthin fahren. An Ort und Stelle würde sie sich leichter orientieren können.
„Das geht nicht. Sie brauchen mir nur zum Taxi hinunterzuhelfen, damit ich auf den Weg komme."
Linda seufzte ängstlich. „Ich weiß nicht, ich muss die Nachtschwester fragen."
Mette verlor allmählich die Geduld. Sie griff nach der Hand der Hilfsschwester und zog sie zu sich heran.
„Hören Sie mir zu! Wenn Sie mir nicht helfen, wird ein junges Mädchen sterben. Entweder helfen Sie mir jetzt in meinen Rollstuhl, oder ich krieche hier weg. Weder Sie noch irgendein Arzt werden mich daran hindern."
Der Blick der jungen Hilfsschwester bekam etwas Panikhaftes. Mette presste ihre Handflächen zusammen, wie um eine Antwort zu erzwingen. „Ich hab's eilig."
„Ich ... ich hole einen Rollstuhl."
Fünf Minuten später hatte das Mädchen sie zum Eingang hinuntergebracht und ihr ins Taxi geholfen, das vor der Tür wartete.
„Ich habe es furchtbar eilig", teilte sie dem Taxifahrer mit, einem kräftig gebauten Mann mit südländischem Aussehen. „Falls Sie irgendwelche Strafzettel bekommen sollten – ich bezahle sie."
Der Mann legte den Gang ein und fuhr mit einem Kavalierstart los, dass die Reifen quietschten. Als der Wagen den Essingeleden entlangbrauste, zeigte der rote Zeiger des Tachometers auf zweihundert Stundenkilometer.

„Ich komme für alle Kosten auf", versicherte Mette ihm. Kurze Zeit später war der Taxifahrer auf den Hof gefahren und hatte angehalten. Mette bat ihn, ihr zu helfen, in den Rollstuhl zu kommen.

„Ich müsste Ihre Hilfe noch einmal in Anspruch nehmen. Es bleibt nicht mehr viel Zeit. Lassen Sie das Taxameter laufen."

„Was soll ich tun?"

Mette erklärte es ihm. Sie hatte eingesehen, dass sie die Hilfe des Mannes brauchte. Allein würde sie es nie schaffen, Mirjam zu retten.

Als sie im Rollstuhl Platz genommen hatte, betrachtete sie die Wohnkomplexe rund um den Platz. Sie vermutete, dass Mirjams Haus das sein musste, das dem Runenstein am nächsten lag. Der gleiche Ort, an dem sich ihr vor so vielen Jahren das kleine Mädchen gezeigt hatte. Damals hatte es hier natürlich vollkommen anders ausgesehen, doch der Abstand zwischen dem Stein und dem Grab des Mädchens hatte sich nicht geändert.

Sie war sich sicher. Dieses Haus musste es sein.

Sie erinnerte sich, dass Myran erzählt hatte, dass die Waschküche im Erdgeschoss lag. Eine matt lackierte rote Stahltür zog ihren Blick magisch an.

Sie bat den Taxifahrer, sie dorthin zu fahren.

Da war sie! Die Waschküche.

Braves Mädchen, dachte sie erleichtert.

Die Tür stand offen.

6

Ein starker und intensiver Feuerschein leuchtet in der Dunkelheit. Einige Fackeln sind in den Boden gesteckt worden und haben die Nacht zum Tag gemacht. Sie begreift, dass sie jetzt angekommen sind.

Aber sie wundert sich.

Was ist es bloß, von dem die Alte nicht wollte, dass sie es sieht?

Sie dreht sich fragend um. Aber die alte Frau ist fort, als sei sie von der Nacht verschluckt worden. Sie ist vollkommen allein. Nur das trockene Knistern der Fackeln ist zu hören.

Dann wird die Stille von einem Krachen durchbrochen.

Sie hebt den Blick.

Ein großer, schwarzer Vogel hat sich im Baum direkt neben ihr niedergelassen. Sein Schnabel ist dick und gebogen. Es sieht aus, als picke der Vogel an etwas herum, doch sie kann nicht erkennen, was das ist.

Sie geht näher heran.

Eine Gestalt nimmt im Baum Form an.

Ein Körper.

Er hängt vom gleichen Ast herab, auf dem der große schwarze Vogel sitzt.
Sie kann das Gesicht deutlich sehen.
Die leeren, leblosen Augen.
Es ist ihr eigenes Gesicht.

7

„Die Lampe ist kaputt“, stellte der Taxifahrer fest, nachdem er den Lichtschalter ein paar Mal vor und zurück gedreht hatte.

Mette starrte in die Dunkelheit im Korridor, spürte, wie die Panik in ihr wuchs wie eine Lawine. Hoffentlich kommen wir nicht zu spät, dachte sie.

Sie wandte den Kopf. „Haben Sie vielleicht eine Taschenlampe?“

Er nickte und rannte zum Auto. Eine halbe Minute später war er mit einer Stablampe zurück, die er Mette reichte. Sie knipste sie an. Der starke Lichtkegel pflügte eine breite Furche durch die Dunkelheit.

Auf einem Schild, das an der Tür befestigt war, die dem Ausgang am nächsten lag, stand *Versammlungsraum*. Sie grunzte enttäuscht. Aber da gab es noch eine Tür. Ganz hinten. Der Taxifahrer schob den Rollstuhl, während Mette die Taschenlampe wie eine Schusswaffe nach vorn gerichtet hielt.

„Waschküche“, las Mette auf dem Schild. „Hier ist es!“

Sie drückte die Klinke. Die Tür schwang auf.

„Herrgott!“, rief sie dann.
Ein beißender Geruch schlug ihr entgegen. Flammen überall. Es brannte.
Der Taxifahrer ließ den Rollstuhl los und warf sich gegen die Tür.

8

Eine Hand sinkt sanft auf ihre Schulter. Hinter ihr flüstert die alte Frau. „Du wolltest sehen."
Die Worte der Alten sind ihr egal. Unbeirrt starrt sie auf die leblose Gestalt im Baum, die ihre Gesichtszüge trägt.
„Ich bin nicht tot", murmelt sie.
„Du hättest dich für die Augenbinde entscheiden sollen. Wie es die anderen getan haben."
„Nicht alle. Das kleine Mädchen hat es gesehen. Ich weiß es."
Die Alte nickt. „Deshalb findet sie keine Ruhe."
„Ich bin noch nicht tot!"
Sie fährt herum. Schlägt die Hand der Alten fort. Die Alte steht mit dem Ausdruck einer stillen Warnung im Gesicht da. „Warum kämpfst du immer noch dagegen an? Du kannst die Götter nicht besiegen. Niemals."
„Nein?"
Mit einem Satz springt sie auf die Fackeln zu und reißt eine von ihnen aus dem Boden.
„Was hast du vor?", fragt die alte Frau.
Myran reißt noch eine Fackel heraus. Hält beide Fackeln

in einer herausfordernden Geste von ihrem Körper weg. „Was ich vorhabe?“, ruft sie. „Den ganzen Mist niederbrennen!“

Sie wirft die erste Fackel. Die landet genau da, wo sie sie hinhaben will: vor dem Baum unter ihrem herabhängenden Körper. Das Gras rund herum fängt Feuer, Flammen schlagen hoch und lecken am Baumstamm. Dann die andere Fackel. Neues Feuer flammt auf.

Irgendwo zwischen Rauch und Flammen hört sie die Stimme der Alten: „Das wird dir nichts nützen!“

Sie reißt zwei weitere Fackeln aus. Die letzten. Wirft sie auf andere Bäume. Das Feuer findet schnell Nahrung. Jetzt ist sie umzingelt von schwarzem Rauch, den das Feuer ausspeit.

Es brennt überall.

9

Starke Arme hoben sie vom Boden hoch. Trugen sie durch den zum Würgen reizenden Rauch, der ihre Augen blind gemacht hatte und die Lungen verstopfte, sodass sie weinen und nach Luft ringen musste. Sie war kaum bei Bewusstsein, doch sie war am Leben. Sie spürte, wie sich der Brustkorb des Mannes unter der Anstrengung bei jedem Atemzug, den er sich zwang zu tun, hob, den heftigen, klopfenden Schlag seines Herzens, während er mit ihr durch den rauchgefüllten Korridor rannte.

Als sie in die mondklare Nacht hinauskamen, legte er sie vorsichtig ins Gras. Eine Decke wurde über ihren Körper gelegt, doch sie drehte sich auf die Seite, sodass sie wieder hinunterrutschte, und hustete dicke Schleimklumpen heraus.

Irgendwo in der Ferne ertönten Sirenen.

10

Nach einer Woche im Krankenhaus war Myran so gut wie wiederhergestellt. Sie hatte leichte Verbrennungen erlitten, vor allem an den Armen und Beinen. Ihre vom Rauch vergiftete Lunge hatte sich schnell erholt, und sie brauchte nicht länger Sauerstoff zu atmen. Nach Ansicht der Ärzte würde sie keine bleibenden Schäden davontragen. Jedenfalls keine sichtbaren.

Um drei Uhr nachmittags war Besuchszeit, und Mama war wie üblich pünktlich. Seit dem Brand war sie jeden Tag bei Myran gewesen. Während der ersten beiden Tage, an denen Myran auf der Intensivstation gelegen hatte, war sie rund um die Uhr geblieben. Myran hatte auch von Mette Besuch bekommen und von dem Taxifahrer, der ihr das Leben gerettet hatte (er hieß Said). Es war schön gewesen, sie allesamt zu sehen, doch am meisten hatte sie sich über Matildas und Cissis Besuch gefreut. Wo sie doch die ganze Zeit gedacht hatte, sie hätten sie vergessen. Den ganzen Nachmittag blieben sie bei ihr, und als die Besuchszeit vorbei war, versprachen sie Myran, dass sie sich bald wieder sehen würden.

„Dann treffen wir uns bei mir zu Hause", hatte Myran gesagt.
Cissi und Matilda nickten und guckten tatsächlich ein bisschen beschämt.
Auch die Polizei hatte sie besucht, diesmal um sie wegen des Brandes zu verhören. Myran konnte ihnen nicht die ganze Wahrheit erzählen, denn die hätten ihr die Polizisten kaum geglaubt, deshalb war sie gezwungen, eine Geschichte zu erfinden, dass sie heimlich in der Waschküche geraucht hatte und aus Versehen eingeschlafen war. Dabei hatte ein Teppich, der auf der Wäscheleine gehangen hatte, Feuer gefangen. (Tatsächlich hatte sie während ihres Traums die Teelichter umgeworfen. Zum Glück hatte sich das Feuer nicht weiter ausgebreitet. Die Einzige, die zu Schaden gekommen war, war sie selbst gewesen.) Die Polizei schien ihr nicht so recht zu glauben, und sie war sich ziemlich sicher, dass es weitere Verhöre geben würde, wenn sie erst aus dem Krankenhaus entlassen war. Doch daran mochte sie jetzt nicht denken.
In diesen Tagen hatte Myran viel Besuch bekommen, doch es hatte auch viele einsame Stunden gegeben. Dann hatte sie an Linn gedacht. Sie hatte vor kurzem erfahren, dass Linn in Västerås beerdigt werden sollte, wo sie geboren war. Västerås war nicht so weit entfernt, doch sie würde Linns Grab nicht so oft besuchen können, wie sie es gern täte. Aber das spielte eigentlich keine Rolle, denn es gab einen anderen Platz, der viel näher lag und an den sie gehen konnte, um an Linn zu denken. Der Löwen-

zahn, der um die alten Eichen herum wuchs, passte vielleicht nicht auf ein Grab, und viele empfanden ihn als Unkraut. Aber Myran wusste, dass Löwenzahn stärker und langlebiger war als die meisten anderen Blumen. Man brauchte ihn nicht zu wässern und zu pflegen, und solange er frei wachsen konnte, würde er noch lange leben, wenn alle Pflanzen des Kirchhofs schon verwelkt und tot waren.

Zwischen den Löwenzahn würde sie sich setzen, würde eine Blume pflücken und die Blütenblätter abzupfen, eins nach dem anderen, während sie leise vor sich hin flüstern würde. Er liebt mich, er liebt mich nicht.

Und Linn, die zumindest die große Liebe hatte erleben dürfen, würde dort auf dem Rücken im Gras liegen und fragen, an wen Myran dachte.

Ja, das würde sie tun.

Sobald sie nach Hause kam.

„Hallo, Kleines, wie geht's dir?" Mama küsste sie auf die Wange. Sie hatte die neueste Ausgabe der *Vecko Revyn* mitgebracht und eine Tüte Gummibärchen.

Myran begann in der Zeitung zu blättern.

Das Horoskop dieser Woche lautete: *Du empfindest die Notwendigkeit, in deinem Leben einmal richtig aufzuräumen. Du bist all die Geheimnisse und Lügen leid, die unter den Teppich gekehrt wurden. Das führt zu Reibungen in deinem Umfeld, aber du brauchst keine Angst zu haben, dass du jemanden verletzt. Letztlich gewinnt euer Verhältnis dadurch, dass ihr ehrlich zueinander seid.*

„Hat Papa noch mal angerufen?"
„Er hat gestern Abend angerufen."
„Was hat er gesagt?"
„Er will dich besuchen."
„Aha."
„Aber ich hab ihm gesagt, dass er noch warten soll."
„Gut."
„Myran. Ich muss dich etwas fragen, und es ist wahnsinnig wichtig, dass du mir eine ehrliche Antwort gibst."
Ihre Mutter beugte sich vor und senkte die Stimme zu einem Flüstern. „War es wegen Papa, also, weil er an dem Tag nicht nach Hause gekommen ist, dass du in der Waschküche Feuer gelegt hast?"
Myran starrte sie empört an. „Ich habe in der Waschküche kein Feuer gelegt. Glaubst du, ich bin verrückt oder so?"
„Aber warum hast du der Polizei erzählt, dass du heimlich geraucht hast?"
„Weil es wahr ist."
„In der Waschküche? Mitten in der Nacht? Und diese Frau ... Mette, oder wie sie heißt, was hat sie mit der ganzen Sache zu tun?"
Myran seufzte und blickte hinunter auf die *Vecko Revyn. Du empfindest die Notwendigkeit, in deinem Leben aufzuräumen. Du bist die Geheimnisse und Lügen leid ...*
Das Horoskop hatte endlich einmal Recht. Sie war all diese Lügen und Geheimniskrämerei wirklich leid. Sie rich-

tete den Blick auf ihre Mutter. „Ich werde dir erzählen, wie es war. Aber du musst mir zuerst etwas versprechen."
„Was denn?"
„Du musst mir glauben. Sonst kann ich es dir nicht erzählen."
„Aber das ist doch klar, dass ich dir glaube ..."
„Mama. Du musst es versprechen."
Die Mutter nickte. „Ich versprech, dir zu glauben."
Myran begann zu erzählen.

SKARPHEDEN
Einige Zeit später

11

Vorsichtig schloss sie die Tür hinter sich. Jemand war dabei, Wäsche zu waschen. In beiden Maschinen wirbelten Kleider herum, und der große Trockner dröhnte dumpf. Sie fühlte sich wie ein Dieb, der an den Ort des Verbrechens zurückkehrt. Gut, dass gerade niemand hier ist, dachte sie.

Die Waschküche und der Trockenraum waren nach dem Brand renoviert worden, und die Maschinen waren gegen neue ausgetauscht worden. Die Wände waren umgestrichen worden. Hellblau. Und die Tür, die in den Trockenraum führte, war ebenfalls neu. Myran öffnete sie und sah hinein. Der Trockenraum sah ungefähr so aus wie vor dem Feuer, außer dass die Betonwände neuen Putz erhalten hatten. Auf den Leinen hing keine Wäsche. Doch noch etwas war anders geworden. Sie konnte nicht genau sagen, was es war, es fühlte sich einfach anders an. Aber sie war sich sicher, dass sie es bald herausfinden würde. Wenn sich das kleine Mädchen zeigte.

Sie setzte sich in die Hocke, den Rücken gegen die Wand gelehnt, und wartete.

Ihre Gedanken kehrten zu dem Telefonat zurück, das sie früher am Tag mit Mette geführt hatte.

„Ich muss dich etwas fragen“, sagte Myran.

„Aber sicher. Frag nur.“

„Said und du, wie seid ihr an dem Abend in die Waschküche gekommen?“

„Habe ich dir das nicht erzählt?“

Tatsächlich hatte Myran die ganze Geschichte, wie sie aus den Flammen gerettet worden war, gehört. Nicht nur einmal, sondern mehrmals hatte Mette erzählt, wie sie vergeblich versucht hatte, Myran auf dem Handy zu erreichen, wie sie ein Taxi gerufen und die arme Hilfskrankenschwester mehr oder weniger gezwungen hatte, einen Rollstuhl herbeizuschaffen, wie Said gegen tausende von Verkehrsregeln verstoßen hatte, um rechtzeitig anzukommen, wie Mette im Korridor den Brandgeruch bemerkt hatte und wie der Taxifahrer schließlich in den heißen, von Rauch erfüllten Trockenraum gekrochen war und Myran herausgeholt hatte.

„Ich dachte, du seist tot. Als du anfingst zu husten, war ich so froh, dass ich angefangen hab zu weinen.“

Aber etwas fehlte in Mettes Erzählung, ein wichtiges Puzzleteilchen, das Myrans Gedanken in den letzten Tagen beschäftigt hatte.

Mette hatte nicht erzählt, wie sie in die Waschküche gekommen waren. Denn Myran erinnerte sich genau, dass sie die Tür hinter sich zugemacht hatte. Außerdem wusste sie, dass sie immer ins Schloss fiel.

„Tja, daran war nichts Besonderes. Du hattest zum Glück die Tür offen gelassen. Gott sei Dank, wir hatten ja schließlich keinen Schlüssel."

„Ich hab die Tür überhaupt nicht offen stehen lassen."

„Wirklich nicht?" Mette klang erstaunt. „Bist du dir da sicher?"

„Hundertprozentig."

Wieder kam dieses Gefühl über sie, diesmal viel stärker.

„Dann muss es jemand anderer gewesen sein."

„Das kleine Mädchen. Sie war es, die die Tür aufgemacht hat."

„Glaubst du?"

Myran lächelte ins Telefon. „Ich weiß es."

Jetzt lächelte sie auch.

Sie lächelte das kleine Mädchen an, das vor ihr in der Mitte des Raumes stand.

Und nun wusste sie, warum es sich so anders angefühlt hatte. Was sich verändert hatte.

Die Antwort stand in ihrem Gesichtsausdruck, in ihren großen, hellblauen Augen.

Das kleine Mädchen hatte keine Angst mehr.

NACHWORT

Skarpheden ist erfunden, doch es gibt ein echtes Vorbild für den *Stein von Skarpheden.*

In Listerby im mittleren Blekinge kann man den so genannten *Stein von Björketorp* besichtigen. Der Stein misst vier Meter, und die Runen wurden im 6. oder 7. Jahrhundert eingeritzt. (Die Datierung ist umstritten.) Ich habe die Inschrift „entliehen", aber ein bisschen verändert, sodass sie besser in meine Geschichte passte.

Die echte Inschrift lautet:

Das Geheimnis der mächtigen Runen verbarg ich hier,
Zauberrunen.
Wer dieses Denkmal zerstört,
soll auf Dauer geplagt sein durch Argheit.
Heimtückischer Tod soll ihn treffen.
Schadenprophezeiung.

Es wird erzählt, dass ein Mann vor langer Zeit versucht hat, den Stein wegzusprengen, um mehr Land zu gewinnen und es zu bebauen. Er häufte Äste und Zweige um den Stein auf, doch als er sie anzünden wollte, kam plötzlich ein Wind auf. Die Flammen griffen auf seine Haare und seine Kleider über, und er brannte wie eine Fackel. Der unglückliche Mann konnte sich nicht retten, sondern starb unter furchtbaren Schmerzen. Und es wird berichtet, dass das Feuer genauso schnell, wie es sich entfacht hatte, wieder erlosch.

Ob diese Sage wahr ist oder nicht, wissen wir nicht. Doch wir wissen, dass weder der Mensch noch die Natur dem *Stein von Björketorp* jemals überlegen waren, anderthalb Jahrtausende lang, nachdem er an seinem Platz errichtet worden ist.

Harald Parigger

Im Schatten des schwarzen Todes

Im Jahr 1348 verbreitet sich in Europa eine schreckliche Seuche. Die Leute nennen sie den schwarzen Tod. Denn wer sich angesteckt hat, stirbt qualvoll innerhalb von wenigen Tagen. Um der Pest zu entgehen, verlässt der fünfzehnjährige Novize Thomas sein Kloster in Tirol und schließt sich einer Gruppe von Vagabunden an. Dort lernt er: Wer jetzt überleben will, muss nicht nur betteln, sondern auch rauben und stehlen. Zur gleichen Zeit macht sich der Kaufmannssohn David auf den Weg nach Mainz. Im Gepäck hat er ein Buch, das der Pest ein Ende bereiten könnte. Wird es ihm gelingen, das kostbare Werk rechtzeitig dem Arzt Abraham zu übergeben?

256 Seiten

Schneider Buch